U0118574

日本語HAI

動・助詞篇

林櫳嫚

 翰蘆圖書出版有限公司

www.hanlu.com.tw

日本語HAI
動·助詞篇

2020 年 3 月 初版發行

編　　著	林欐嫚	
發 行 人	洪詩棠	
出 版 者	翰蘆圖書出版有限公司	
法律顧問	許兆慶、彭國能、曾榮振（依筆劃）	
工作團隊	孫麗珠、許美鈴、王偉志、黃靜君、秦渼瑜	
特約美術	石朝旭	
印　　製	金華排版打字行	
電　　話	02-2382-1169	

總 經 銷	翰蘆圖書出版有限公司
地　　址	台北市 100 重慶南路一段 121 號 5 樓之 11
電　　話	02-2382-1120
傳　　眞	02-2331-4416
網　　址	http://www.hanlu.com.tw
信　　箱	hanlu@hanlu.com.tw

ATM 轉帳	107-540-458-934 中國信託城中分行（代號 822）
郵政劃撥	15718419 翰蘆圖書出版有限公司

ISBN 978-986-98675-0-4（平裝）
版權所有　翻印必究
（缺頁、倒裝，請寄回更換）

加入會員，直購優惠。
書局缺書，請告訴店家代訂或補書，或向本公司直購。

定價　新臺幣 **340** 元

國家圖書館出版品預行編目資料

日本語HAI 動·助詞篇 / 林欐嫚編著.–初版.
　--臺北市：翰蘆圖書，2020.03
　　面：19×26 公分

　ISBN 978-986-98675-0-4（平裝）

　1. 日語　2. 動詞

803.165　　　　　　　　　　　108022919

にほんご はい
日本語HAI

動・助詞篇

嫚嫚老師的日文教學著作！

嫚嫚老師也是日治時期的日本佛教史之研究者喔！

目録

作者的叮嚀、歡迎加入 FB ……………………………………………… 4

一、動詞變化篇

(文化小教室：「有り難う」/「謝謝」) …………… 5

1📖 認識動詞(辭書形) ……………………………………… 6

2📖 動詞七變的說明…………………………………………… 8

3📖 動詞七變的練習…………………………………………… 10

4📖 從辭書形判斷Ⅰ、Ⅱ、Ⅲ動詞 ………………………… 12

5📖 容易混淆的動詞 ………………………………………… 16

6📖 判斷 100 個動詞。是屬Ⅰ、Ⅱ、Ⅲ的哪類？ ………… 18

7📖 分類 60 個る。寫出該動詞是屬Ⅰ、Ⅱ、Ⅲ的哪類？ ………… 21

二、動詞文型篇

(文化小教室：「いただきます」/「開動了」)……… 24

1📖 V1 否定形………………………………………………… 25

2📖 V2 連用形………………………………………………… 29

3📖 Ⅴて形 (音便) ………………………………………… 33

4📖 「て形」及常見的縮音 ………………………………… 39

5📖 Ⅴた形 …………………………………………………… 41

6📖 V4 連体形………………………………………………… 45

7📖 V5 仮定形………………………………………………… 49

8📖 V6 命令形………………………………………………… 53

9📖 V7 意向形………………………………………………… 57

10📖 受身形…………………………………………………… 61

11📖 使役形…………………………………………………… 69

12📖 使役＋受身形…………………………………………… 77

13📖 綜合練習(以「飲む」「食べる」「来る」「する」為例) 84

三、類似的句型篇

(文化小教室：「一期一会」/「一期一會」)‥‥‥‥ 100

1📖 形態類似的自動詞 VS 他動詞‥‥‥‥‥‥‥‥‥‥ 101

2📖 自動詞て いる VS 他動詞て ある ‥‥‥‥‥‥‥ 116

3📖 自動詞て いる VS 他動詞て いる ‥‥‥‥‥‥‥ 117

4📖 可能動詞 VS 受身 VS 尊敬‥‥‥‥‥‥‥‥‥‥‥ 118

5📖 尊敬語 VS 丁寧語‥‥‥‥‥‥‥‥‥‥‥‥‥‥‥ 120

6📖 ～ように VS ～ために(為了～) ‥‥‥‥‥‥‥‥ 121

7📖 請～VS 請勿～/不可以～VS 可以不～‥‥‥‥‥ 122

8📖 ～ないで VS ～なくて(不～)‥‥‥‥‥‥‥‥‥ 123

9📖 傳聞 VS 樣態(好像～)‥‥‥‥‥‥‥‥‥‥‥‥‥ 124

10📖 四種假設文型‥‥‥‥‥‥‥‥‥‥‥‥‥‥‥‥ 126

四、助詞篇

(文化小教室：「お疲れさまです」/「您辛苦了」)‥128

1📖 思考動作的特性‥‥‥‥‥‥‥‥‥‥‥‥‥‥‥ 129

2📖 「在」的說明‥‥‥‥‥‥‥‥‥‥‥‥‥‥‥‥ 130

3📖 助詞用法總整理‥‥‥‥‥‥‥‥‥‥‥‥‥‥‥ 132

一、は‥‥‥‥‥‥‥‥‥‥‥‥‥‥‥‥‥‥‥‥‥ 132

二、が‥‥‥‥‥‥‥‥‥‥‥‥‥‥‥‥‥‥‥‥‥ 133

三、か‥‥‥‥‥‥‥‥‥‥‥‥‥‥‥‥‥‥‥‥‥ 134

四、から‥‥‥‥‥‥‥‥‥‥‥‥‥‥‥‥‥‥‥‥ 134

五、で‥‥‥‥‥‥‥‥‥‥‥‥‥‥‥‥‥‥‥‥‥ 135

六、と‥‥‥‥‥‥‥‥‥‥‥‥‥‥‥‥‥‥‥‥‥ 136

七、とか‥‥‥‥‥‥‥‥‥‥‥‥‥‥‥‥‥‥‥‥ 137

八、なあ‥‥‥‥‥‥‥‥‥‥‥‥‥‥‥‥‥‥‥‥ 137

九、に‥‥‥‥‥‥‥‥‥‥‥‥‥‥‥‥‥‥‥‥‥ 137

十、ね‥‥‥‥‥‥‥‥‥‥‥‥‥‥‥‥‥‥‥‥‥ 138

十一、の ……………………………………………………… 138

十二、へ ……………………………………………………… 139

十三、も ……………………………………………………… 140

十四、や ……………………………………………………… 140

十五、よ ……………………………………………………… 140

十六、より …………………………………………………… 140

十七、わ ……………………………………………………… 141

十八、を ……………………………………………………… 141

4📖　對比容易混淆的助詞 ………………………………… 142

一、は VS が ………………………………………………… 142

二、が VS に ………………………………………………… 145

三、が VS を ………………………………………………… 146

四、から VS を ……………………………………………… 146

五、に VS で ………………………………………………… 146

六、に VS を ………………………………………………… 147

七、に VS と ………………………………………………… 148

八、で VS から ……………………………………………… 149

九、へ VS を ………………………………………………… 149

十、へ VS に ………………………………………………… 149

十一、を VS と ……………………………………………… 150

十二、を VS で ……………………………………………… 150

十三、「する」動詞 ………………………………………… 150

十四、「出る」動詞 ………………………………………… 151

十五、「仕事」為例 ………………………………………… 151

十六、「一日」為例 ………………………………………… 151

5📖　助詞練習題(以「公園」做例句) ……………………… 153

後記 …………………………………………………………… 155

作者的叮嚀

　　此書是將多年的授課經驗中，針對學生在學習過程，有關動詞、助詞容易混淆之處，以表格形式分門別類、對照呈現、統整歸納。讓讀者能一目了然、快速理解、釐清盲點，付梓成書。

　　「助詞」是日文的文法重點。

　　請理解動詞的特色、再了解助詞的用法，加以勤背單字，自然就會進步。

願　此書能幫助日語學習者。

FB：嫚嫚日語教室

どうぞ、お入りください。歡迎加入！

　　　　　　　　　　　　　　　　　　林欐嫚　合掌

一、動詞變化篇*

* 文化小教室：「<ruby>有<rt>あ</rt></ruby>り<ruby>難<rt>がと</rt></ruby>う」の由来

「ありがとう」の<ruby>語源<rt>ごげん</rt></ruby>は、<ruby>仏教<rt>ぶっきょう</rt></ruby>に<ruby>由来<rt>ゆらい</rt></ruby>すると<ruby>言<rt>い</rt></ruby>われいます。

<ruby>お釈迦様<rt>しゃかさま</rt></ruby>が<ruby>阿難<rt>おくなん</rt></ruby>に、「<ruby>阿難<rt>おくなん</rt></ruby>よ、<ruby>人間<rt>にんげん</rt></ruby>に<ruby>生<rt>しょう</rt></ruby>を<ruby>受<rt>う</rt></ruby>けることは、、、<ruby>難<rt>むずか</rt></ruby>しいことなんです。<ruby>有<rt>あ</rt></ruby>り<ruby>難<rt>がた</rt></ruby>いことなのですよ」。

「<ruby>有<rt>あ</rt></ruby>り<ruby>難<rt>がた</rt></ruby>し」は、「<ruby>有<rt>あ</rt></ruby>ること」が「<ruby>難<rt>かた</rt></ruby>い」という<ruby>意味<rt>いみ</rt></ruby>を<ruby>表<rt>あらわ</rt></ruby>しました。

「有り難う」源自佛教。世尊曾對弟子阿難說：人身有多難得的譬喻。
「有(人身)」這件事情是很「困難」的，所以要很感謝「有り難う」。

1📖 認識動詞（辭書形）

Ⅰ/五段活用動詞		Ⅱ/上、下一段	Ⅲ/カ変/サ変
1. 会う	21. 切る	41. 着る	61. 来る
2. 気に入る	22. 要る	42. いる	62. 買い物する
3. ある	23. 置く	43. 起きる	63. 結婚する
4. 行く	24. 分かる	44. 教える	64. 散歩する
5. 送る	25. 照る	45. 出る	65. 洗濯する
6. 終わる	26. 知る	46. 借りる	66. 食事する
7. 買う	27. 減る	47. 経る	67. 勉強する
8. 帰る	28. 立つ	48. 疲れる	68. 運動する
9. もらう	29. かかる	49. かける	69. する
10. 書く	30. 練る	50. 寝る	70. 仕事する
11. 貸す	31. 呼ぶ	51. 見る	71. 電話する
12. 聞く	32. 休む	52. 迎える	72. 花見する
13. 読む	33. 遊ぶ	53. 調べる	73. 見学する
14. 吸う	34. 出す	54. 止める	74. お願いする
15. 待つ	35. 散る	55. 落ちる	75. 心配する
16. 撮る	36. 話す	56. あげる	76. 案内する
17. 習う	37. 死ぬ	57. 挙げる	77. 離婚する
18. 飲む	38. 払う	58. 消える	78. 留学する
19. 入る	39. 降る	59. 降りる	79. びっくりする
20. 働く	40. 持つ	60. 食べる	80. がっかりする

同學有沒有發現到左邊第 6 頁 **認識動詞（辭書形）** 的表格中

❶ 01-40 動詞的語尾，都落在 **哪段音** ？

❷ 41-60 動詞的語尾都是 **る**，請觀察る的前一音都落在 **哪段音** ？

❸ 61-80 動詞是 **III 動詞**，其實就是 **哪兩個** 動詞？

	あ行[1]	か行	さ行	た行	な行	は行	ま行	や行	ら行	わ行
あ段音	あ	か	さ	た	な	は	ま	や	ら	わ
い段音	い	き	し	ち	に	ひ	み		り	
う段音	**う**	**く**	**す**	**つ**	**ぬ**	**ふ**	**む**	**ゆ[2]**	**る**	**を**
え段音	え	け	せ	て	ね	へ	め		れ	
お段音	お	こ	そ	と	の	ほ	も	よ	ろ	ん

解答

❶ 01-40 動詞的語尾，都是落在 **う段音** 。

❷ 41-60 動詞的語尾都是る，る的前一音都是落在 **い段音、え段音** 。
亦就是上一段動詞（**う的**上一段），下一段動詞（**う的**下一段）。

❸ 61-80 動詞是 III 動詞，其實就是 **来る(く)、する** 兩個動詞及 **する** 的
延伸動詞 。

---

[1] 「あ、い、う、え、お」為あ行。所以有あ行、か行、さ行、た行、
な行、は行、ま行、や行、ら行、わ行等。

[2] 動詞辭書形的語尾沒有～ゆ。

2📖　動詞七變的說明

	V1 否定形	V2 連用形	V3 辞書形	V4 連体形	V5 仮定形
文意	不〜	原意(較禮貌)	原意	原意	〜的話
語尾變化	う段→あ段 ＋**ない**	う段→い段 ＋**ます**	う段	う段＋N	う段→え段 ＋**ば**
	行か**ない**	行き**ます**	行く	行く**N**	行け**ば**
I 五段活用	会わ(代替あ) ¹ 書か 貸さ 持た　ない 死な 呼ば 飲ま 売ら	会い 書き 貸し 持ち　ます 死に 呼び 飲み 売り	会う 書く 貸す 持つ 死ぬ 呼ぶ 飲む 売る	会う 書く 貸す 持つ　N/時/人/〜 死ぬ 呼ぶ 飲む 売る	会え 書け 貸せ 持て　ば 死ね 呼べ 飲め 売れ

II 動詞的語尾都是る。

語尾變化	〜~~る~~ない	〜~~る~~ます	〜る	〜る	〜~~る~~れば
上一段	起き　ない	起き　ます	起きる	起きる　N/時/人	起き　れば
下一段	食べ	食べ	食べる	食べる	食べ

III 動詞只有兩個，但該語尾也是る。

カ変	来　ない	来　ます	来る	来る　N/時/人	来る　れば
サ変	し	し	する	する	す

---

¹ 会う→会あない會有兩個 a(母)音，所以用わ代替あ→会わない，其他的動詞亦是。吸う→吸わない、習う→習わない。「ある」的ない形為「ない」沒有~~あらない~~的用法，請牢記。

2📖　動詞七變的說明

V6 命令形	V7 意向形	例：
給我～/快～(催促)	～吧	
う段→え段	う段→お段＋う	
行(い)け	行(い)こう	
会(あ)え	会(あ)お	買(か)う、習(なら)う、払(はら)う、言(い)う、吸(す)う、誓(ちか)う～
書(か)け	書(か)こ	開(あ)く、咲(さ)く、炊(た)く、泣(な)く、吐(は)く、巻(ま)く～
貸(か)せ	貸(か)そ	返(かえ)す、貸(か)す、放(はな)す、施(ほどこ)す、壊(こわ)す、癒(いや)す
持(も)て	持(も)と	打(う)つ、勝(か)つ、立(た)つ、保(たも)つ、待(ま)つ、育(そだ)つ～
死(し)ね	死(し)の	死(し)ぬ
呼(よ)べ	呼(よ)ぼ	遊(あそ)ぶ、学(まな)ぶ、選(えら)ぶ、飛(と)ぶ、叫(さけ)ぶ、並(なら)ぶ
飲(の)め	飲(の)も	読(よ)む、頼(たの)む、込(こ)む、噛(か)む、組(く)む、住(す)む～
売(う)れ	売(う)ろ	要(い)る、入(はい)る、頑張(がんば)る、締(し)め切(き)る、かかる

（V7意向形欄標註：う）

～~~る~~ろ	～~~る~~よう	例：
起(お)き　ろ	起(お)き　よう	いる、着(き)る、借(か)りる、落(お)ちる、煮(に)る～
食(た)べ	食(た)べ	寝(ね)る、経(へ)る、教(おし)える、調(しら)べる、かける～

因語幹也有變化，請牢記發音。

こ来い	こ来	た食べに来(く)る、行(い)って来(く)る～
しろ	し	勉強(べんきょう)する、愛(あい)する、びっくりする～

（来欄標註：よう）

「Ｖて形」、「Ｖた形」不在動詞七變表格內，但一般會列在 V2 連用形中。

3📖　✏️動詞七變的練習。請在□填入適當的答案。

	V1 否定形	V2 連用形	V3 辞書形	V4 連体形	V5 仮定形
文意	不～	原意(較禮貌)	原意	原意	～的話
語尾變化	う段→□段 ＋ない	う段→□段 ＋ます	う段	う段＋N	う段→□段 ＋ば
	行□ない	行□ます	行く	行□N	行□ば

I 五段活用

	V1 否定形		V2 連用形		V3 辞書形	V4 連体形		V5 仮定形	
会	会□		会□		会う	会□		会□	
書	書□		書□		書く	書□		書□	
貸	貸□	ない	貸□	ます	貸す	貸□	N/時/人/～	貸□	ば
持	持□		持□		持つ	持□		持□	
死	死□		死□		死ぬ	死□		死□	
呼	呼□		呼□		呼ぶ	呼□		呼□	
飲	飲□		飲□		飲む	飲□		飲□	
売	売□		売□		売る	売□		売□	

II 動詞的語尾都是る。

	V1 否定形		V2 連用形		V3 辞書形	V4 連体形		V5 仮定形	
語尾變化	～る̶ない		～る̶ます		～る	～る		～る̶れば	
上一段	起き	□□	起き	□□	起きる	起きる	N/時/人	起き	□□
下一段	食べ		食べ		食べる	食べる		食べ	

III 動詞只有兩個，但該語尾也是る。

	V1 否定形		V2 連用形		V3 辞書形	V4 連体形		V5 仮定形	
カ変	□来	□□	□来	□□	来る	来る	N/時/人	□来	□□
サ変	し		し		する	する		す	

3📖　✏動詞七變的練習。請在□填入適當的答案。

V6 命令形	V7 意向形	例：
給我～快～(催促)	～吧	
う段→□段	う段→□段 ＋う	
^い行□	^い行□う	
^あ会□	^あ会□	□買 う、□□習 う、□払 う、□言 う、□吸 う、□□誓 う～
^か書□	^か書□	□開 く、□咲 く、□炊 く、□泣 く、□吐 く、□巻 く～
^か貸□	^か貸□	□□返 す、□貸 す、□□放 す、□□□施 す、□□壊 す、□□癒 す
^も持□	^も持□	□打 つ、□勝 つ、□立 つ、□□保 つ、□待 つ、□□育 つ～
^し死□	^し死□	□死 ぬ
^よ呼□	^よ呼□	□遊 ぶ、□□学 ぶ、□□選 ぶ、□飛 ぶ、□□叫 ぶ、□□並 ぶ
^の飲□	^の飲□	□読 む、□□頼 む、□込 む、□噛 む、□組 む、□住 む～
^う売□	^う売□	□要 る、□入 る、□□頑張 る、□□締め切 る、かかる

（V7 意向形 最後接「う」）

～るろ	～るよう	例：
^お起き□	^お起き□□	□いる、□着 る、□借 りる、□落 ちる、□煮 る～
^た食べ	^た食べ	□寝 る、□経 る、□□教 える、□□調 べる、かける

因語幹也有變化，請牢記發音。

□来□	□来 □□	□食べに 来る、□行って 来る～
し	し □□	□□□勉 強する、□愛 する、びっくりする～

4📖　從 辭書形 判斷

Ⅰ（五段活用動詞）　Ⅱ（上、下一段動詞）　Ⅲ（カ変、サ変動詞）動詞

	あ行	か行	さ行	た行	な行	は行	ま行	や行	ら行	わ行
あ段音	a あ	ka か	sa さ	ta た	na な	ha は	ma ま	ya や	ra ら	wa わ
い段音(う段音的上面一段)	い	き	し	ち	に	ひ	み		り	
辭書形的語尾在 う段音	**う**	**く**	**す**	**つ**	**ぬ**	**ふ**	**む**	**ゆ**	**る**	**を**
え段音(う段音的下面一段)	え	け	せ	て	ね	へ	め		れ	
お段音	お	こ	そ	と	の	ほ	も	よ	ろ	ん

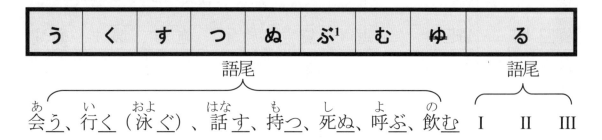

う	く	す	つ	ぬ	ぶ[1]	む	ゆ	る

語尾　　　　　　　　　　　　　　　　語尾

会<u>う</u>、行<u>く</u>（泳<u>ぐ</u>）、話<u>す</u>、持<u>つ</u>、死<u>ぬ</u>、呼<u>ぶ</u>、飲<u>む</u>　Ⅰ　　Ⅱ　　Ⅲ

一 **語尾非る：**　〜う、〜く（〜ぐ）、〜す、〜つ、〜ぬ、〜ぶ、〜む　　→Ⅰ

二 **語尾是る：**　有可能是Ⅰ、Ⅱ、Ⅲ 動詞。要看る前面的音是哪段音。

1、Ⅲ 動詞只有「する（〜する）、来る」兩個動詞，請牢記。

する、愛<u>する</u>、勉強<u>する</u>、見学<u>する</u>、お見合い<u>する</u>　｝Ⅲ

来る、遊びに<u>来る</u>

---

[1] 動詞辭書形的語尾沒有〜ふ（因為發音太輕會聽不清楚），有〜ぶ（学ぶ、遊ぶ、偲ぶ……等）。

2、漢る/漢漢る/漢⑥漢る。る的前面是漢字。

あ段音る：有る、刈る、去る、足る、成る、貼る、遣る、頑張る

い段音る：居る、入る、切る、締め切る、知る、散る、放る

う段音る：売る、繰る、掏る、作る、釣る、塗る、降る、揺る

え段音る：蹴る、競る、照る、練る、滑る、見返る、持ち帰る

お段音る：折る、凝る、剃る、取る、乗る、掘る、盛る、寄る

⎫
⎬ Ⅰ
⎭

「漢る」是 Ⅰ 動詞，但有 **12 個常見的例外**，屬於 **Ⅱ 動詞，請牢記！**

いる(＝居る[1])、鋳る、射る、煮る、似る、　　例：いる➡います
出る、得る、経る、見る、干る、着る、寝る　　～~~る~~ます

3、漢⑥る/⑥る/⑥⑥る。る的前面是仮名。（要理解該仮名是あ、
い、う、え、お哪段音。）

①⑥是あ段音、う段音、お段音 →Ⅰ　例：か⑩る➡かかります
　　　　始まる、かかる、つくる、なぞる

②⑥是い段音、え段音　　　　→Ⅱ　例：か⑰る➡かけます
　　　　起きる、落ちる、かける、始める

「漢⑥る/⑥る/⑥⑥る」⑥是い段音，但屬於 **Ⅰ 動詞**。

常見的例外：交る/交じる、混じる。**請牢記**：交⑬る➡交じります。

___
[1] いる＝居る（戰前日語的表記法）

再次叮嚀：語尾　1、非る：就是　　　　　　→I

　　　　　　　　2、是る：**来る、する**　→III

　　　　　　　　3、從形態判斷

　　　　　　　　　　A：漢る/漢漢る/漢仮漢る

　　　　　　　　　　B：漢仮る/仮る/仮仮る

A：漢る/漢漢る/漢仮漢る	B：漢仮る/仮る/仮仮る
有る、頑張る、思い切る→I	①仮是あ段音、う段音、お段音→I
	始まる、つくる、なぞる
🔔 12 個常見例外	②仮是い段音、え段音　　　　　→II
居る、鋳る、射る、煮る、似る、出る、得る、経る、見る、干る、着る、寝る（II）	起きる、始める
	例外：交じる、混じる（I）

例1：帰る（I/帰ります）、換える（II/換えます）

例2：切る（I/切ります）、着る（II/着ます）

請同學將 **辭書形** 和 **ます形** 一起背，可增加會話能力。在正式場合、對陌生人要用 **ます形** ，若是已熟悉的同齡朋友就可用 **辭書形** 。如果還是無法確定動詞是 I 或 II 的話，同學可以試著查字典、紙本字典或使用網頁，例：https://dictionary.goo.ne.jp/

會看到以下頁面：

goo 辞書 📖 　きる　　　　　　　　　　　　　　　　　で始まる ▼　　検索

きるで始まる言葉

国語辞書(43)

キル【kill】
1 殺すこと。　2 回路を断つこと。「キルスイッチ」　3 テニスなどで、ボールを相手コートに強烈に… 〉

き・る【切る／斬る／伐る／截る／剪る】
1［動ラ五（四）］　1 つながっているものを断ったり、付いているものを離したりする。特に、刃物… 〉

きる【着る／著る】
［動カ上一］［文］［カ上一］　1 衣類などを身につける。からだ全体または上半身にまといつける。… 〉

かえ・る【帰る／還る】

［動ラ五（四）］《「返る」と同語源》　1 自分の家や、もといた場所に戻る。「郷里へ―・る」「…

か・える【換える／替える／代える】

［動ア下一］［文］か・ふ［ハ下二］　1 （換える・替える）相手に与える代わりに、相手のものを…

動ラ五（四）。動カ上一〔文〕。動ア下一〔文〕。

動	動詞。
五	五段活用動詞（Ⅰ）。
上一	上一段（Ⅱ）。Ⅱ動詞都是る結尾，所以語尾要看る的前一音。
下一	下一段（Ⅱ）。Ⅱ動詞都是る結尾，所以語尾要看る的前一音。
ラ	語尾是「ら行」音。
カ	語尾是「か行」音。
ア	語尾是「あ行」音。
（四）	古文的分類。
〔文〕	古文。

5📖　容易混淆的動詞

	あ行	か行	さ行	た行	な行	は行	ま行	や行	ら行	わ行
あ段音	あ	か	さ	た	な	は	ま	や	ら	わ
い段音	い	き	し	ち	に	ひ	み		り	
う段音	う	く	す	つ	ぬ	ふ	む	ゆ	る	を
え段音	え	け	せ	て	ね	へ	め		れ	
お段音	お	こ	そ	と	の	ほ	も	よ	ろ	ん

❶　る前面的音是 **い段音**，但為 **I 動詞** ：

い	入(い)る、煎(い)る、要(い)る、射(い)る、陥(おちい)る、入(はい)る、参(まい)る、立(た)ち入(い)る、寝入(ねい)る
き	切(き)る、斬(き)る、伐(き)る、漲(みなぎ)る、限(かぎ)る、握(にぎ)る、滾(たぎ)る、遮(さえぎ)る、契(ちぎ)る、過(よぎ)る、謗(そし)る、借(か)り切(き)る、裏切(うらぎ)る、思(おも)い切(き)る、掻(か)き毟(むし)る、貸切(かしき)る/貸(か)し切(き)る、区切(くぎ)る、句切(くぎ)る、仕切(しき)る、締(し)め切(き)る、千切(ちぎ)る、間切(まぎ)る、見限(みかぎ)る、見切(みき)る、割(わ)り切(き)る、煮(に)え滾(たぎ)る、捻(ひね)じ切(き)る、値切(ねぎ)る
し	知(し)る、軋(きし)る、謗(そし)る、詰(なじ)る、罵(ののし)る、走(はし)る、奔(はし)る、齧(かじ)る、見知(みし)る、捩(もじ)る、毟(むし)る、迸(ほとばし)る、交(ま)じる、混(ま)じる、しくじる、踏(ふ)み躙(にじ)る
ち	散(ち)る、愚痴(ぐち)る
ひ	ちびる

る前面的音是い段音。

5📖　容易混淆的動詞

	あ行	か行	さ行	た行	な行	は行	ま行	や行	ら行	わ行
あ段音	あ	か	さ	た	な	は	ま	や	ら	わ
い段音	い	き	し	ち	に	ひ	み		り	
う段音	う	く	す	つ	ぬ	ふ	む	ゆ	る	を
え段音	**え**	**け**	**せ**	**て**	**ね**	**へ**	**め**		**れ**	
お段音	お	こ	そ	と	の	ほ	も	よ	ろ	ん

❷　　る前面的音是 **え段音** ，但為 **Ｉ動詞** ：

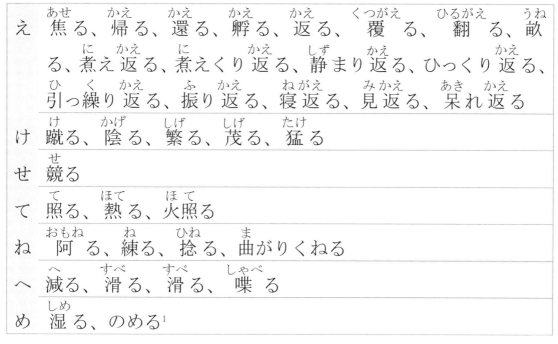

え	^{あせ}焦る、^{かえ}帰る、^{かえ}還る、^{かえ}孵る、^{かえ}返る、^{くつがえ}覆る、^{ひるがえ}翻る、^{うね}畝る、^に煮え^{かえ}返る、煮えくり^{かえ}返る、^{しず}静まり^{かえ}返る、ひっくり^{かえ}返る、引っ繰り^{かえ}返る、^ふ振り^{かえ}返る、^{ねがえ}寝返る、^{みかえ}見返る、^{あき}呆れ^{かえ}返る
け	^け蹴る、^{かげ}陰る、^{しげ}繁る、^{しげ}茂る、^{たけ}猛る
せ	^せ競る
て	^て照る、^{ほて}熱る、^{ほて}火照る
ね	^{おもね}阿る、^ね練る、^{ひね}捻る、^ま曲がりくねる
へ	^へ減る、^{すべ}滑る、^{すべ}滑る、^{しゃべ}喋る
め	^{しめ}湿る、のめる[1]

る前面的音是え段音。

同學有沒發現這些動詞，る的前面幾乎都是漢字。一下子可能背不了這麼多動詞，有看到時再慢慢背。

---

[1] のめる/Ｉ 向前傾、向前倒。飲める/Ⅱ 可以喝、能喝。動詞若沒寫漢字，會需要依前後文了解詞義，判斷是Ｉ或Ⅱ動詞。

6📖　✏️ 判斷 100 個動詞。請寫出該動詞是屬於 I、II、III 的哪類？

1. 貸す	2. 終える	3. 終わる	4. 置く	5. 降る
6. かかる	7. かける	8. 押す	9. 起きる	10. 降りる
11. 閉まる	12. 閉める	13. 死ぬ	14. 産む	15. 折る
16. 切る	17. 着る	18. 来る	19. 繰る	20. 着く
21. する	22. 返す	23. 違う	24. 働く	25. 締める
26. 掏る	27. 生まれる	28. 誓う	29. 坐る	30. 話す
31. 飛ぶ	32. 入る	33. 入れる	34. 居る	35. 要る
36. 急ぐ	37. 咲く	38. 見せる	39. 教える	40. 読む
41. 行く	42. 洗う	43. 飲む	44. 上げる	45. 晴れる
46. ある	47. やる	48. 出かける	49. 浴びる	50. 習う

6📖 ✏ 判斷 100 個動詞。請寫出該動詞是屬於 I、II、III 的哪類？

51. 消える	52. 消す	53. 作る	54. 買う	55. 立つ
56. 吸う	57. 困る	58. 掃除する	59. 頼む	60. 刺す
61. 食べる	62. 曇る	63. 借りる	64. 勤める	65. 住む
66. 乗る	67. 貼る	68. 売る	69. 並べる	70. 知る
71. 吐く	72. 登る	73. なる	74. 泳ぐ	75. 曲がる
76. 持つ	77. 歩く	78. 出す	79. 練習する	80. 疲れる
81. 休む	82. 渡る	83. 覚える	84. 愛する	85. 分かれる
86. 弾く	87. 始める	88. 呼ぶ	89. 並ぶ	90. 遊ぶ
91. 塗る	92. 泣く	93. 濡れる	94. 待つ	95. 吹く
96. 磨く	97. 齎す	98. 忘れる	99. 引く	100. 言う

✐ **判斷 100 個動詞。** 解答

1. I	2. II	3. I	4. I	5. I
6. I	7. II	8. I	9. II	10. II
11. I	12. II	13. I	14. I	15. I
16. I	17. II	18. III	19. I	20. I
21. III	22. I	23. I	24. I	25. II
26. I	27. II	28. I	29. I	30. I
31. I	32. I	33. II	34. II	35. I
36. I	37. I	38. II	39. II	40. I
41. I	42. I	43. I	44. II	45. II
46. I	47. I	48. II	49. II	50. I
51. II	52. I	53. I	54. I	55. I
56. I	57. I	58. III	59. I	60. I
61. II	62. I	63. II	64. II	65. I
66. I	67. I	68. I	69. II	70. I
71. I	72. I	73. I	74. I	75. I
76. I	77. I	78. I	79. III	80. II
81. I	82. I	83. II	84. III	85. II
86. I	87. II	88. I	89. I	90. I
91. I	92. I	93. II	94. I	95. I
96. I	97. I	98. II	99. I	100. I

7📖 ✏分類60個る。請用三分鐘寫出該動詞是屬 I、II、III 的哪類？

1.起きる	2. 回る	3. 倒れる	4. 汚れる
5. 壊れる	6.かかる	7.落ちる	8. 温める
9. 始まる	10.増える	11.開ける	12. 温まる
13. 帰る	14.割れる	15. 集まる	16.閉まる
17.折れる	18.切れる	19. 破れる	20.変わる
21.消える	22.見つける	23.出る	24.照る
25.入れる	26. 入る	27. 溶ける	28.漬かる
29.冷える	30.決まる	31.見つかる	32.漬ける
33.焼ける	34. 煮える	35. 煮る	36. 治る
37.ある	38.やる	39. 覆る	40. 作る
41.掘る	42.する	43.いる	44.要る
45. 帰る	46.換える	47.寝る	48.練る
49. 参る	50.交じる/交る	51.混ぜる	52. 交わる
53.減る	54.経る	55. 賜る	56. 承る
57.来る	58.切る	59.着る	60.売り切れる

✎ 分類 60 個る。　解答

1. II	2. I	3. II	4. II
5. II	6. I	7. II	8. II
9. I	10. II	11. II	12. I
13. I	14. II	15. I	16. I
17. II	18. II	19. II	20. I
21. II	22. II	23. II	24. I
25. II	26. I	27. II	28. I
29. II	30. I	31. I	32. II
33. II	34. II	35. II	36. I
37. I	38. I	39. I	40. I
41. I	42. III	43. II	44. I
45. I	46. II	47. II	48. I
49. I	50. I	51. II	52. I
53. I	54. II	55. I	56. I
57. III	58. I	59. II	60. II

以上介紹了動詞的基本變化及如何判斷動詞是 I、II、III 的哪一類。請務必牢記動詞的「**辭書形**」，因為查字典時，都是要用「**辭書形**」，用「**ます形**」、「**ない形**」、「**V て形**」都是找不到的。就像英文的動詞，要用「原形」去查，用「過去式」、「過去分詞」都是找不到的。

一般對外國學習者，日文的動詞比較會用七分法：

V1	V2	V3	V4	V5	V6	V7
否定形	連用形	終止形 (辞書形)	連体形	仮定形	命令形	意向形
行かない	行きます	行く	行く人	行けば	行け	行こう

V て形

★ 「V て形」、「V た形」一般亦列在 V2 連用形中。

在日本本島的國語教學中，則用動詞六分法：未然形、連用形、終止形、連体形、仮定形、命令形 6 種活用形。其中，

V1「否定形」
　　　　　　合併，以「**未然形**」表示。
V7「意向形」

V1	V2	V3	V4	V5	V6	
みぜんけい 未然形	れんようけい 連用形	しゅうしけい 終止形	れんたいけい 連体形	かていけい 仮定形	めいれいけい 命令形	
行かない 行こう	行きます	行く	行く人	行けば	行け	

所以同學若看到「未然形」時，要會分辨是指「否定形」或「意向形」。

二、動詞文型篇*

---

* 文化小教室：「いただきます」の由来

　食事を始める時「いただきます」と言い、実は、二つの意味
があります。一つは、料理を作ったり、配膳をしたり、その食
事に携わったりしてくれた方々へ感謝の心を表していま
す。もう一つは、「肉や魚や野菜などの命を私の命にさせ
ていただきます」とすべての食材にお礼を申しております。

用餐前會說「いただきます」(開動了)，其實有兩意。一是對做料理、
擺上餐桌，對所有準備餐點相關者的感謝。另一意則是感謝所有的食
材延續了我的生命。

V1 否定形*

---

* 日語小教室：

1. 心<ruby>こころ</ruby>ここにあらず。/心不在這裡、心不在焉。あらず（古文）＝ない（現代文）

2. 「見<ruby>み</ruby>ざる、聞<ruby>き</ruby>かざる、言<ruby>い</ruby>わざる」（古文）＝「見<ruby>み</ruby>ない、聞<ruby>き</ruby>かない、言<ruby>い</ruby>わない」（現代文）/勿視、勿聽、勿言。

1📖　V1 否定形

	あ行	か行	さ行	た行	な行	は行	ま行	や行	ら行	わ行
あ段音	**あ**	**か**	**さ**	**た**	**な**	**は**	**ま**	**や**	**ら**	**わ**
い段音	い	き	し	ち	に	ひ	み		り	
う段音	う	く	す	つ	ぬ	ふ	む	ゆ	る	を
え段音	え	け	せ	て	ね	へ	め		れ	
お段音	お	こ	そ	と	の	ほ	も	よ	ろ	ん

語尾變化 *「ある」的ない形為「ない」。沒有「あるらない」的用法。古文有「非ず（あらず）」。

	辞書形	V1 否定形	
語尾變化 **I** 五段 活用		う段→あ段＋ない	
	会う	会わ	吸う/吸わない、　歌う/歌わない
	書く	書か	歩く/歩かない、聞く/聞かない
	貸す	貸さ	話す/話さない、　返す/返さない
	持つ	持た	待つ/待たない、　立つ/立たない
	死ぬ	死な	死ぬ/死なない
	呼ぶ	呼ば	遊ぶ/遊ばない、呼ぶ/呼ばない
	飲む	飲ま	読む/読まない、　噛む/噛まない
	売る	売ら	帰る/帰らない、分かる/分からない
語尾變化		~~る~~→ない	
上一段	起きる	起き　ない	いる/いない、　降りる/降りない
下一段	食べる	食べ	寝る/寝ない、　教える/教えない
III　よく暗誦			
カ変	来る	来　ない	□来る/□来ない
サ変	する	し	する/□ない。「せず」＝しない的古文

「Ｖ ない」延伸的文型

Ｖ	ない			不～、勿～、沒～
	ない	と、～		不～的話(後句必須是事實、真理)
	ない	で	ください	請勿～
	な~~い~~			可以不～
		くても	いいです	
	な~~い~~			必須～
		ければ	なりません	

＊練習しましょう。次の中国語を日本語に訳してください。

1.沒有錢。沒有孩子。/ある。いる。

2.不快點去的話，會遲到喔。/行く、遅刻する。

3.沒有票的話，不能進去喔。/入れる。

4.不要放棄夢想。/諦る。

5.沒吃早飯就來了。/食べる、来る。

6.希望颱風不要來。/台風、来る。

7.明天可以不用來嗎？/明日、来る。

8.學生必須遵守校規。/学校の規則、守る。

9.下個月有棒球比賽，必須每天練習。/野球の試合、練習をする。

10.

Ｖ なければなりません 可縮音為 Ｖ なきゃなりません Ｖ なきゃならない Ｖ なきゃ	行く

答え：

1.金が　ない。子供が　いない。

2.早く　行かないと、遅刻しますよ。

3.切符が　ないと、入れませんよ。

4.夢を　諦めないで　ください。

5.朝ご飯を　食べないで　来ました。

6.台風が　来ないで　欲しいです。

7.明日、来なくてもいいですか。

8.学生は、学校の規則を　守らなければ　なりません。

9.来月　野球の試合が　ありますから、毎日練習を　しなければなりません。

10.

V なければなりません	行かなければ　なりません
V なきゃなりません	行かなきゃ　　なりません
V なきゃならない	行かなきゃ　　ならない
V なきゃ	行かなきゃ

頑張らない

V2 連用形*

---

* 日語小教室：

1. 日本で食べる前に「いただきます」と言います。/在日本，用餐前說「いただきます」。

2. 「運命なんて、努力次第で変えられます」。/所謂的命運，是能靠自己的努力而改變的。

2📖 V2 連用形

	あ行	か行	さ行	た行	な行	は行	ま行	や行	ら行	わ行
あ段音	あ	か	さ	た	な	は	ま	や	ら	わ
い段音	**い**	**き**	**し**	**ち**	**に**	**ひ**	**み**		**り**	
う段音	う	く	す	つ	ぬ	ふ	む	ゆ	る	を
え段音	え	け	せ	て	ね	へ	め		れ	
お段音	お	こ	そ	と	の	ほ	も	よ	ろ	ん

語尾變化

	辞書形	V2 連用形		
語尾變化 Ⅰ 五段 活用		う段→い段＋ます		
	会う	会い		吸う/吸います、 歌う/歌います
	書く	書き		歩く/歩きます、聞く/聞きます
	貸す	貸し		話す/話します、返す/返します
	持つ	持ち		待つ/待ちます、 立つ/立ちます
	死ぬ	死に	ます	死ぬ/死にます
	呼ぶ	呼び		遊ぶ/遊びます、呼ぶ/呼びます
	飲む	飲み		読む/読みます、 噛む/噛みます
	売る	売り		帰る/帰ります、分かる/分かります
語尾變化		る→ます		
上一段	起きる	起き	ます	いる/います、 降りる/降ります
下一段	食べる	食べ		寝る/寝ます、 教える/教えます
Ⅲ よく暗誦				
カ変	来る	来	ます	来る/来ます
サ変	する	し		する/□ます。

「Ⅴます形」延伸的文型

	ます	現在式（肯定）
	ません	現在式（否定）
	ました	過去式（肯定）
Ⅴ	ませんでした	過去式（否定）
	ませんか	～嗎？（表示邀請）
	ましょう	～吧（表答應對方的邀請/建議）
	~~ます~~	
	たい	（第一、二人稱）想～
	たがる	（第三人稱）想～
	ながら	一邊～一邊～
	やすい	容易/好～
	にくい	不易/難～
	そう	看起來好像～
	なさい	快～（表輕微的催促）

＊練習しましょう。次の中国語を日本語に訳してください。

1.喝水。/飲む。

2. A：一起吃飯嗎？　B：好呀，吃飯吧。/食べる。

3.我想去日本留學。/留学する。

4.弟弟想去日本留學。/留学する。

5.一邊念書一邊工作。/勉強する、働く。

6.這枝筆很好寫。很難寫。/書く。

7.他看起來好像有煩惱。/悩みが　ある。

8.看起來好像要下雨。/降る。

9.別玩了，快念書。/遊ぶ、勉強する。

10.昨天沒有念書。/勉強する。

答え：

1. 飲^のみます。
　飲^のみません。
　飲^のみました。
　飲^のみませんでした。

2. A：一緒^{いっしょ}に　食^たべませんか。B：ええ、食^たべましょう。

3. 私^{わたし}は　日本^{にほん}へ　留学^{りゅうがく}したいです

4. 弟^{おとうと}は　日本^{にほん}へ　留学^{りゅうがく}したがります。

5. 勉強^{べんきょう}しながら、働^{はたら}きます。

6. このペンは　書^かきやすいです。書^かきにくいです。

7. その人は　悩^{なや}みが　ありそうです。

8. 雨^{あめ}が　降^ふりそうです。

9. 遊^{あそ}んでいないで、早^{はや}く　勉強^{べんきょう}しなさい。

10. 昨日^{きのう}、勉強^{べんきょう}しませんでした。

頑張ります

V て形*

* 日語小教室：

1. 聞いて極楽、見て地獄。/眼見為實，實際上根本沒那麼好。

2. 上を向いて、明るい虹を見つけよう。/仰頭尋找亮麗的彩紅吧。

　　＝實現自己的夢想吧。

3📖　Vて形 (音便)

あ行	か行	さ行	た行	な行	は行	ま行	や行	ら行	わ行
あ	か	さ	た	な	は	ま	や	ら	わ
い	き	し	ち	に	ひ	み		り	
う	く/ぐ	す	つ	ぬ	ふ/ぶ	む	ゆ	る	を
え	け	せ	て	ね	へ	め		れ	
お	こ	そ	と	の	ほ	も	よ	ろ	ん

Vて形（音便）変化の説明/嫚嫚老師的口訣

I	「～う、～つ、～る」→～って	あ　　　ま　　　かえ 会う、　待つ、　帰る
	鬱/ㄨˋ　卒/ㄗㄨˊ　嚕/ㄌㄨ う　、　つ　、　る →って(小って)	あ　　　ま　　　かえ →会って、待って、帰って
	「～ぬ、～ぶ、～む」→～んで	し　　　よ　　　の 死ぬ、　呼ぶ、　飲む
	怒　不　目　nn De ぬ、ぶ、む→ん で(鼻子兩顆點)	し　　　よ　　　の →死んで、呼んで、飲んで
	「～す」→～して	はな　　　かえ　　　めざ 話す、　返す、　目指す
	壽　司Te す→して	はな　　　かえ　　　めざ →話して、返して、目指して
	「～く、～ぐ」→～いて、～いで	か　　　およ　　　いそ 書く、　泳ぐ、　急ぐ
	哭　ーTe 菇　ーDe く→いて/ぐ→いで	か　　　およ　　　いそ →書いて、泳いで、急いで
	例外：　　　い　　い　　　　い 　　　　行く→行いて¹→行って***	 行って
II	「～る」→～て	お　　　み　　　た 起きる、見る、　食べる →起きて、見て、　食べて
III	く　　　き 来る→来て	する→して

---

¹ 行いて因為有兩個母音い，所以改成「って」比較容易發音，請牢記。
我們常說的「我出門了/行ってきます」。「慢走/いってらっしゃい」。
就是這個「行って」。

✏️ 音便(V て形)練習[1]。請先判斷是第幾類動詞？再寫出 V て形

1. 習<ruby>習<rt>なら</rt></ruby>う	2. 見<ruby>見<rt>み</rt></ruby>つかる	3. 掘<ruby>掘<rt>す</rt></ruby>る	4. する
5. 泳<ruby>泳<rt>およ</rt></ruby>ぐ	6. 見<ruby>見<rt>み</rt></ruby>つける	7. 死<ruby>死<rt>し</rt></ruby>ぬ	8. 進<ruby>進<rt>すす</rt></ruby>む
9. 持<ruby>持<rt>も</rt></ruby>つ	10. 見<ruby>見<rt>み</rt></ruby>える	11. 勉強<ruby>勉強<rt>べんきょう</rt></ruby>する	12. 経<ruby>経<rt>た</rt></ruby>つ
13. 生<ruby>生<rt>い</rt></ruby>かす	14. 見<ruby>見<rt>み</rt></ruby>る	15. 歩<ruby>歩<rt>ある</rt></ruby>く	16. 浮<ruby>浮<rt>うか</rt></ruby>ぶ
17. 出来<ruby>出来<rt>でき</rt></ruby>る	18. あげる	19. 貰<ruby>貰<rt>もら</rt></ruby>う	20. くれる
21. 帰<ruby>帰<rt>かえ</rt></ruby>る	22. 下<ruby>下<rt>くだ</rt></ruby>さる	23. 噛<ruby>噛<rt>か</rt></ruby>む	24. 当<ruby>当<rt>あ</rt></ruby>たる
25. 換<ruby>換<rt>か</rt></ruby>える	26. 好<ruby>好<rt>この</rt></ruby>む	27. 来<ruby>来<rt>く</rt></ruby>る	28. 積<ruby>積<rt>つ</rt></ruby>む
29. 遊<ruby>遊<rt>あそ</rt></ruby>ぶ	30. 出来上<ruby>出来上<rt>できあ</rt></ruby>がる	31. 組<ruby>組<rt>く</rt></ruby>む	32. 打<ruby>打<rt>う</rt></ruby>つ
33. 落<ruby>落<rt>お</rt></ruby>とす	34. 腐<ruby>腐<rt>くさ</rt></ruby>る	35. 歌<ruby>歌<rt>うた</rt></ruby>う	36. 違<ruby>違<rt>ちが</rt></ruby>う
37. 寝<ruby>寝<rt>ね</rt></ruby>る	38. 焼<ruby>焼<rt>や</rt></ruby>ける	39. 住<ruby>住<rt>す</rt></ruby>む	40. 焼<ruby>焼<rt>や</rt></ruby>く
41. 練<ruby>練<rt>ね</rt></ruby>る	42. 済<ruby>済<rt>す</rt></ruby>む	43. 来<ruby>来<rt>く</rt></ruby>る	44. 及<ruby>及<rt>およ</rt></ruby>ぶ
45. 押<ruby>押<rt>お</rt></ruby>す	46. 叫<ruby>叫<rt>さけ</rt></ruby>ぶ	47. 着<ruby>着<rt>き</rt></ruby>る	48. 出<ruby>出<rt>だ</rt></ruby>す
49. 飛<ruby>飛<rt>と</rt></ruby>ぶ	50. 通<ruby>通<rt>とお</rt></ruby>る	51. 切<ruby>切<rt>き</rt></ruby>る	52. 選<ruby>選<rt>えら</rt></ruby>ぶ
53. 行<ruby>行<rt>い</rt></ruby>く	54. 行<ruby>行<rt>おこな</rt></ruby>う	55. 切<ruby>切<rt>き</rt></ruby>れる	56. 巻<ruby>巻<rt>ま</rt></ruby>く
57. 書<ruby>書<rt>か</rt></ruby>く	58. 起<ruby>起<rt>お</rt></ruby>こす	59. 喜<ruby>喜<rt>よろこ</rt></ruby>ぶ	60. 次<ruby>次<rt>つ</rt></ruby>ぐ
61. 勝<ruby>勝<rt>か</rt></ruby>つ	62. 沿<ruby>沿<rt>そ</rt></ruby>う	63. 下<ruby>下<rt>お</rt></ruby>ろす	64. 鳴<ruby>鳴<rt>な</rt></ruby>る
65. 降<ruby>降<rt>ふ</rt></ruby>る	66. 壊<ruby>壊<rt>こわ</rt></ruby>す	67. 借<ruby>借<rt>か</rt></ruby>りる	68. 汚<ruby>汚<rt>よご</rt></ruby>れる
69. 降<ruby>降<rt>お</rt></ruby>りる	70. 沸<ruby>沸<rt>わ</rt></ruby>く	71. 待<ruby>待<rt>ま</rt></ruby>つ	72. 入<ruby>入<rt>はい</rt></ruby>る
73. 食<ruby>食<rt>た</rt></ruby>べる	74. 会<ruby>会<rt>あ</rt></ruby>う	75. 払<ruby>払<rt>はら</rt></ruby>う	76. 入<ruby>入<rt>い</rt></ruby>れる
77. 呼<ruby>呼<rt>よ</rt></ruby>ぶ	78. 癒<ruby>癒<rt>い</rt></ruby>やす	79. 急<ruby>急<rt>いそ</rt></ruby>ぐ	80. 頑張<ruby>頑張<rt>がんば</rt></ruby>る

---

[1] 嫚嫚老師口訣：Ⅰう、つ、る→～って。ぬ、ぶ、む→～んで。す→～して。く→～いて、ぐ→～いで。行く→行って小心處理。Ⅱ る→て。Ⅲ 来る→来て，する→して，請背熟。

✏️ 音便(V て形)練習解答

1. 習(なら)って	2. 見(み)つかって	3. 掬(す)って	4. して
5. 泳(およ)いで	6. 見(み)つけて	7. 死(し)んで	8. 進(すす)んで
9. 持(も)って	10. 見(み)えて	11. 勉強(べんきょう)して	12. 経(た)って
13. 生(い)かして	14. 見(み)て	15. 歩(ある)いて	16. 浮(うか)んで
17. できて	18. あげて	19. もらって	20. くれて
21. 帰(かえ)って	22. 下(くだ)さって	23. 噛(か)んで	24. 当(あ)たって
25. 換(か)えて	26. 好(この)んで	27. 働(はたら)いて	28. 積(つ)んで
29. 遊(あそ)んで	30. 出来上(できあ)がって	31. 組(く)んで	32. 打(う)って
33. 落(お)として	34. 腐(くさ)って	35. 歌(うた)って	36. 違(ちが)って
37. 寝(ね)て	38. 焼(や)けて	39. 住(す)んで	40. 焼(や)いて
41. 練(ね)って	42. 済(す)んで	43. 来(き)て	44. 及(およ)んで
45. 押(お)して	46. 叫(さけ)んで	47. 着(き)て	48. 出(だ)して
49. 飛(と)んで	50. 通(とお)って	51. 切(き)って	52. 選(えら)んで
53. 行(い)って	54. 行(おこな)って	55. 切(き)れて	56. 巻(ま)いて
57. 書(か)いて	58. 起(お)こして	59. 喜(よろこ)んで	60. 次(つ)いで
61. 勝(か)って	62. 沿(そ)って	63. 下(お)ろして	64. 鳴(な)って
65. 降(ふ)って	66. 壊(こわ)して	67. 借(か)りて	68. 汚(よご)れて
69. 降(お)りて	70. 沸(わ)いて	71. 待(ま)って	72. 入(はい)って
73. 食(た)べて	74. 会(あ)って	75. 払(はら)って	76. 入(い)れて
77. 呼(よ)んで	78. 癒(い)やして	79. 急(いそ)いで	80. 頑張(がんば)って

頑張れ！

「て形」延伸的文型

Vて	くださいい	請〜
	から	之後
	いる	正在/動作長期進行 （經常的習慣）
	おく	事先準備/ 為下次使用方便，先行備妥
	みる	試試看
	しまう	完成該動作
	しまった/しまいました	動作都做完了
	あげる	做某動作給對方（平輩）
	やる	做某動作給對方（晚輩）
	もらう	我請對方（平輩）幫我做某動作
	いただく	我請對方（長輩）幫我做某動作
	くれる	對方（平輩）做某動作給我
	くださる	對方（長輩）做某動作給我
	いく	動作遠離自己
	くる	動作朝自己靠近
	ある	他動詞〜著的
	いただけませんか	可以幫我〜（較禮貌）
	も　いいですか	可以〜（請求准許〜）
	は　いけません	不可以〜（禁止）

＊練習しましょう。次の中国語を日本語に訳してください。

1.請等一下。/待つ。

2.正在下雨。/降る。

3.我住東京。/住む。

4.可以教我日文嗎？/教える。

「て形」延伸的文型（以下用「コピーする」為例）

コピーして	ください	請影印
	から、整理します	影印之後，做整理
	いる	正在影印/ 有影印的習慣
	おく	先影印好/ 為下次使用方便，先行影印備妥
	みる	影印看看
	しまうので、まだ帰られません	因要全部印完，所以還不能回家
	しまった/しまいました	都印完了
	あげる	印給對方（平輩）
	やる	印給對方（晚輩）
	もらう	我請對方（平輩）幫我影印
	いただく	我請（長輩）幫我影印
	くれる	對方（平輩）影印給我
	くださる	（長輩）影印給我
	いく	去影印
	くる	去影印馬上就回來
	ある	印好了（的狀態）
	いただけませんか	可以幫我影印嗎？
	も　いいですか	可以影印嗎？（請求～）
	は　いけません	不可以影印（禁止）

答え：

1. 待って　ください。

2. 雨が　降って　います。

3. 東京に　住んで　います。

4. 私に　日本語を　教えて　いただけませんか。

4📖 「て形」及常見的縮音

<ruby>友<rt>とも</rt></ruby><ruby>達<rt>だち</rt></ruby><ruby>同<rt>どう</rt></ruby><ruby>士<rt>し</rt></ruby>、<ruby>親<rt>しん</rt></ruby><ruby>友<rt>ゆう</rt></ruby>、<ruby>家<rt>か</rt></ruby><ruby>族<rt>ぞく</rt></ruby>で<ruby>話<rt>はな</rt></ruby>す<ruby>時<rt>じ</rt></ruby>の<ruby>砕<rt>くだ</rt></ruby>けた<ruby>会<rt>かい</rt></ruby><ruby>話<rt>わ</rt></ruby>では、<ruby>短<rt>みじか</rt></ruby>く<ruby>省<rt>しょう</rt></ruby><ruby>略<rt>りゃく</rt></ruby>した<ruby>形<rt>かたち</rt></ruby>がよく<ruby>使<rt>つか</rt></ruby>われます。/親朋好友之間談話比較會用口語體，常用縮音。

普通形	縮音
～ている →～てる	何している？ →何してる？
～でいる →～でる	コーヒーを飲んでいる。 →コーヒーを飲んでる。
～ておく Te O To →～とく	名前を 書いておく。 →名前を 書いとく。
～でおく De O Do →～どく	資料を 読んでおく。 →資料を 読んどく。
～ていく →～てく	傘を 持っていく。 →傘を 持ってく。
～でいく →～でく	少し 休んでいく。 →少し 休んでく。
～てしまった Te Si Ma Tsa/Tya →～ちゃった	財布を 落としてしまった。 →財布を 落としちゃった。
～でしまった De Si Ma Dsa/Dya/ぢゃ＝じゃ →～じゃった	全部 飲んでしまった。 →全部 飲んじゃった。

～ては いけない →～**ちゃ** だめ	ここには 入っては いけないよ。 →ここには 入っちゃ だめよ。
～では いけない →～**じゃ** だめ	ここで 遊んでは いけない。 →ここで 遊んじゃ だめ。
～て ください →～て	早く 来て ください。 →早く 来て。
～ないで ください →～ないで	忘れないで ください。 →忘れないで。
～なくては いけない →～**なくちゃ**	勉強しなくては いけない。 →勉強しなくちゃ。
～なければ ならない →～**なきゃ**	買わなければならない。 →買わなきゃ。
～と 言っていた →～って	明日は 行けないと 言っていた。 →明日は 行けないって。
～という →～って	山田様という方、ご存じですか。 →山田様って方、ご存じですか。
～んです →～の	お腹が 痛いんです。 →お腹が 痛いの。
～んですか →～の	もう 食べたんですか。 →もう 食べたの？
～ているんです →～ているの →～てるの	宿題 しているんです。 →宿題 しているの。 →宿題 してるの。

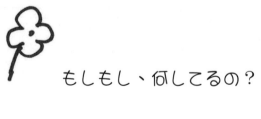

もしもし、何してるの？

Ｖた形*

_____

* 日語小教室：

1. 逃_のがした 魚_{さかな} は 大_{おお}きい。/逃掉的魚比較大，得不到的比較好。

2. 泣_ないたら、立_たち上_あがれ。/哭過之後，再接再厲！

5📖　Vた形

（比照「Vて形」變化即可，把～て/で改成～た/だ）

Vて形（音便）変化の説明/慢慢老師的口訣

I	～う、～つ、～る→～っ~~て~~	会う、　待つ、　帰る
	→～った	→会っ~~て~~、待っ~~て~~、帰っ~~て~~
	鬱/ㄨˋ　卒/ㄗㄨˊ　嚕/ㄎㄨ う　、つ　、る　→った(小った)	あ →**会った、　待った、　帰った**
	「～ぬ、～ぶ、～む」→～ん~~で~~	死ぬ、　呼ぶ、　飲む
	→～んだ	→死ん~~で~~、呼ん~~で~~、飲ん~~で~~
	怒　不　目　nn　Da ぬ、ぶ、む→**ん　だ**(鼻子兩顆點)	→**死んだ、　呼んだ、　飲んだ**
	「～す」→～し~~て~~	話す、　返す、　目指す
	→～した	→話し~~て~~、返し~~て~~、目指し~~て~~
	壽　司Ta す→**した**	→**話した、　返した、　目指した**
	「～く、～ぐ」→～い~~て~~、～い~~で~~	書く、　泳ぐ、　急ぐ
	→～いた、～いだ	→書い~~て~~、泳い~~で~~、急い~~で~~
	哭　─Ta　菇　─Da く→**いた**/ ぐ→**いだ**	→**書いた、　泳いだ、　急いだ**
	例外：　　　行く→行っ~~て~~***	行った
II	「～~~る~~」→～~~て~~	起きる、見る、　食べる
	→～た	→起きて、見~~て~~、食べ~~て~~
		→**起きた、見た、　食べた**
III	来る→ 来~~て~~ 　→ 来た	する → し~~て~~ 　→ した

「た形」延伸的文型

V	たり　V たり　する	做做這個 V，做做那個 V(列舉 V)
	た事が　ある	曾經～
	たほうが　いい	V 比較好（建議對方）
	たら～	V 的話～
	た後で	V 之後～

＊練習しましょう。次の中国語を日本語に訳してください。

1.每天吃吃喝喝。/食べる、飲む。

2.我的興趣是聽音樂啦、運動。/ 聴く、スポーツする。

3.人生不會照著想像的那樣進行。/思う、進む。

4.我去過北海道。/行く。

5.是否曾經在哪見過您？/会う。

6.不舒服的話，去看醫生比較好喔。/医者に　診てもらう。

7.每個月，存一點錢比較好喔。/貯金する。

8.有錢的話，我想要去旅行世界。/ある、世界旅行に行く。

9.打工之後，念書時間變少了。/アルバイトする、少なくなる。

10.學了日文之後，現在變得比較懂一點電視機的日文了。/勉強する、
　　分かる。

 頑張った

答え：

1. 毎日　飲んだり　食べたり　します。

2. 私の趣味は　音楽を　聴いたり、スポーツしたり　すること
です。

3. 人生は　思ったとおりに、進みません。

4. 私は　北海道へ　行った事が　あります。

5. どこかで　会ったことが　ありますか。

6. 体の具合が　悪かったら、医者に　診てもらったほうが　いい
ですよ。

7. 毎月　少しずつ　貯金したほうが　いいですよ。

8. お金が　あったら、世界旅行に　行きたいです。

9. アルバイトしたら、勉強する時間が　少なくなりました。

10. 日本語を　勉強したら、テレビの日本語が　少し分かるよ
うに　なりました。

頑張った

V4 連体形*

---

* 日語小教室：

1. 渡<ruby>わた</ruby>る世間<ruby>せけん</ruby>に鬼<ruby>おに</ruby>はなし。/社會上到處都有好人。

2. どんな日<ruby>ひ</ruby>であれ、その日<ruby>ひ</ruby>をとことん楽<ruby>たの</ruby>しむこと。/無論是怎樣的日子，活出當日的精彩。

6📖　V4 連体形

	あ行	か行	さ行	た行	な行	は行	ま行	や行	ら行	わ行
あ段音	あ	か	さ	た	な	は	ま	や	ら	わ
い段音	い	き	し	ち	に	ひ	み		り	
う段音	**う**	**く**	**す**	**つ**	**ぬ**	**ふ**	**む**	**ゆ**	**る**	**を**
え段音	え	け	せ	て	ね	へ	め		れ	
お段音	お	こ	そ	と	の	ほ	も	よ	ろ	ん

語尾變化

	辞書形	V4 連体形	
語尾變化		う段＋N	
I 五段 活用	会う	会う	N	買う、言う、食う、吸う、歌う、習う
	書く	書く		歩く、聞く、磨く、急ぐ、泳ぐ、脱ぐ
	貸す	貸す		指す、話す、返す、癒す、生かす、
	持つ	持つ		打つ、待つ、勝つ、立つ、経つ、討つ、
	死ぬ	死ぬ		往ぬ、去ぬ*
	呼ぶ	呼ぶ		遊ぶ、飛ぶ、浮ぶ、選ぶ、喜ぶ、
	飲む	飲む		読む、噛む、組む、住む、休む、積む、
	売る	売る		要る、帰る、切る、分かる、終わる、
語尾變化		〜る＋N	
上一段	起きる	起き	N	いる、着る、落ちる、借りる、見る、
下一段	食べる	食べ		得る、教える、寝る、調べる、褒める
III　よく暗誦				
カ変	来る	来る	N	□ 来る
サ変	する	する		する、勉強する、運動する、見学する

―――――――――
* 此兩個動詞皆為古文，都是「死ぬ」的意思。

「V連体形」延伸的文型

「V連体形」其實就是「**辭書形**」的延伸，後接N，所以請牢記「辭書形」。

＊練習しましょう。次の中国語を日本語に訳してください。

1.旅行之前要準備護照。/用意する。

2.最近自助旅行的人增多了。/海外旅行する、増える。

3.去醫院前備妥健保卡。/行く、用意する。

4.休假時有想去個甚麼地方。/行く。

5.有一就有二。/ある。

6.如果迷惘時，回到原點！/悩む、戻る

7.我常去的超市的青菜，很新鮮。/行く。

8.接下來要買的是什麼？/買う。

9.現在住的地方是台北。/住む。

10.最近有正在閱讀的書嗎？如果有，請介紹。/読む、紹介する。

頑張る

答え：

1. 旅行するまえに、パスポートを　用意しておきます。

2. 最近は　一人で　海外旅行する人が　増えています。

3. 病院へ行くまえに、健康保険証を　用意して　おきます。

4. 休日に　どこかへ行きたい気持ちは　ありますが、、、。

5. 二度あることは、三度ある。

6. もし　悩んでいる時は　原点に　戻れ！

7. よく　行っているスーパーの野菜は　新鮮です。

8. これから　買うものは　何ですか。

9. 今　住んでいる所は　台北です。

10. 最近　読んでいる本は　ありますか。あったら、紹介して
　　ください。

頑張る兎

V5 仮定形*

---

* 日語小教室：

1. 噂（うわさ）をすれば、影（かげ）がさす。/說曹操，曹操到。

2. 風（かぜ）は吹（ふ）けば吹（ふ）け、雨（あめ）は降（ふ）らば降（ふ）れ。/風會吹就是會吹，雨會下就是會下。＝順其自然。

7📖　V5 仮定形

	あ行	か行	さ行	た行	な行	は行	ま行	や行	ら行	わ行
あ段音	あ	か	さ	た	な	は	ま	や	ら	わ
い段音	い	き	し	ち	に	ひ	み		り	
う段音	う	く	す	つ	ぬ	ふ	む	ゆ	る	を
え段音	**え**	**け**	**せ**	**て**	**ね**	**へ**	**め**		**れ**	
お段音	お	こ	そ	と	の	ほ	も	よ	ろ	ん

語尾變化

	辞書形	V5 仮定形	
語尾變化 **I** 五段 活用		う段→え段＋ば	
	会う	会え	吸う/吸えば、　歌う/歌えば
	書く	書け	歩く/歩けば、　聞く/聞けば
	貸す	貸せ	話す/話せば、　返す/返せば
	持つ	持て	待つ/待てば、　立つ/立てば
	死ぬ	死ね	死ぬ/死ねば
	呼ぶ	呼べ	遊ぶ/遊べば、　呼ぶ/呼べば
	飲む	飲め	読む/読めば、　噛む/噛めば
	売る	売れ	帰る/帰れば、　分かる/分かれば
語尾變化		る→れば	
上一段	起きる	起き	いる/いれば、　降りる/降りれば
下一段	食べる	食べ	寝る/寝れば、　教える/教えれば
III　よく暗誦			
カ変	来る	来	来る/来□□
サ変	する	す	する/□□

「V5 仮定形」延伸的文型

V	ば、	V 的話～
	ば、～ほど～	越 V 的話～越～

＊練習しましょう。次の中国語を日本語に訳してください。

1.春天一來花就開。/春になる、桜が咲く。

2.該如何是好？/どうする。

3.對初次見面的人，該說什麼好？/初めて　会う、言う。

4.念書的話，就會及格。/勉強する、合格できる。

5.買一送一。/買う、サービス。

6.喝太多酒的話，會醉喔。/飲む、酔っ払う。

7.人生有苦有樂。/楽ある、苦ある。

8.越吃越好吃。/食べる、美味しい。

9.年紀越大，眼睛和牙齒變得越差。/年を取る、悪くなる。

10.努力的話，總有一天夢想會實現的。/頑張る、夢が叶う。

頑張れば

答え：

1. 春になれば、桜が咲きます。

2. どうすれば、いいですか。

3. 初めて人に会った時、何と言えば、いいですか。

4. 勉強すれば、合格できます。

5. 一つ買えば、一つサービスです。

6. お酒を たくさん 飲めば、酔っ払いますよ。。

7. 楽あれば 苦あり。

8. 食べれば 食べるほど 美味しい。

9. 年を取れば 目と歯が 悪くなります。

10. 頑張れば、いつか 夢が 叶います。

頑張れば

V6 命令形*

---

1. 己
おのれ
の欲
ほっ
せざる所
ところ
は人
ひと
に施
ほどこ
す勿
な
れ。/己所不欲，勿施於人。

2. この道
みち
を行
い
けばわかるさ。迷
まよ
わず、行
い
け！/去做就知道了。勿猶豫，努力向前進！

8📖　V6 命令形

	あ行	か行	さ行	た行	な行	は行	ま行	や行	ら行	わ行
あ段音	あ	か	さ	た	な	は	ま	や	ら	わ
い段音	い	き	し	ち	に	ひ	み		り	
う段音	う	く	す	つ	ぬ	ふ	む	ゆ	る	を
え段音	**え**	**け**	**せ**	**て**	**ね**	**へ**	**め**		**れ**	
お段音	お	こ	そ	と	の	ほ	も	よ	ろ	ん

語尾變化

	辞書形	V6 命令形	
語尾變化 I 五段活用	う段→え段
	会う	会え	吸う/吸え、　　歌う/歌え
	書く	書け	歩く/歩け、　　聞く/聞け
	貸す	貸せ	話す/話せ、　　返す/返せ
	持つ	持て	待つ/待て、　　立つ/立て
	死ぬ	死ね	死ぬ/死ね
	呼ぶ	呼べ	遊ぶ/遊べ、　　呼ぶ/呼べ
	飲む	飲め	読む/読め、　　噛む/噛め
	売る	売れ	帰る/帰れ、　　分かる/分かれ
語尾變化		~~る~~→ろ	
上一段	起きる	起き ろ	いる/いろ、　　降りる/降りろ
下一段	食べる	食べ	寝る/寝ろ、　　教える/教えろ
III　よく暗誦
カ変	来る	来い	来る/来□
サ変	する	しろ	する/□□

「V6 命令形」延伸的文型

「V6 命令形」用於上對下的催促（下對上不可用命令形）、緊急狀況（如火災時：快逃）、鼓舞氣勢時（如比賽時：加油！），<u>基本上沒有</u>延伸的文型*。

＊練習しましょう。次の中国語を日本語に訳してください。

1.快起床！/起きる。

2.給我念書！/勉強する。

3.給我把資料拿來！/持って来る。

4.給我出去！/出る、行く。

5.行善要快！/急ぐ。

6.給我還錢！/返す。

7.好好學、用力玩！/よく学ぶ、よく遊ぶ。

8.夠了，你給我回去！/もういい、帰る。

9.快逃！/逃げる。

10.給我安靜(委婉) ！/静かにする。

＊ 「V 命令形」是比較直接、嚴肅、正式的口氣，另有「V ~~ます~~なさい」語氣比較委婉，如：顔(かお)を洗(あら)いなさい、行(い)きなさい、、、。

答え：

1. 早^{はや}く 起^おきろ。

2. 勉 強^{べんきょう} しろ。

3. 資 料^{しりょう} を 持^もって来^こい。

4. 出^でて 行^いけ。

5. 善^{ぜん}は 急^{いそ}げ。

6. 私^{わたし} のお金^{かね}、返^{かえ}せ！

7. よく学^{まな}び よく遊^{あそ}べ 。

8. もういい、帰^{かえ}れ。

9. 逃^にげろ。

10. 静^{しず}かに しなさい。

頑張れ！

V7 意向形*

---

* 日語小教室：

1. 最後まで頑張ろう。/努力到最後吧。

2. 人からの親切を別の人にも渡そう。/從別人那裏得到的親切
   (幫忙)，也傳達給別人吧。＝人助我，我亦助人。

9📖　V7 意向形

	あ行	か行	さ行	た行	な行	は行	ま行	や行	ら行	わ行
あ段音	あ	か	さ	た	な	は	ま	や	ら	わ
い段音	い	き	し	ち	に	ひ	み		り	
う段音	う	く	す	つ	ぬ	ふ	む	ゆ	る	を
え段音	え	け	せ	て	ね	へ	め		れ	
お段音	**お**	**こ**	**そ**	**と**	**の**	**ほ**	**も**	**よ**	**ろ**	**ん**

語尾變化

	辞書形	V7 意向形	
語尾變化 **I** **五段** **活用**	会[う] 書[く] 貸[す] 持[つ] 死[ぬ] 呼[ぶ] 飲[む] 売[る]	う段→お段＋う 会[お] 書[こ] 貸[そ] 持[と] 死[の] 呼[ぼ]　う 飲[も] 売[ろ]	吸う/吸[お]う、　　歌う/歌[お]う 歩く/歩[こ]う、　　聞く/聞[こ]う 話す/話[そ]う、　　返す/返[そ]う 待つ/待[と]う、　　立つ/立[と]う 死[ぬ]/死[の]う 遊ぶ/遊[ぼ]う、　　呼ぶ/呼[ぼ]う 読む/読[も]う、　　噛む/噛[も]う 帰る/帰[ろ]う、　　分かる/分か[ろ]う
語尾變化 上一段 下一段	起[き]る 食[べ]る	る→よう 起[き] 食[べ]　よう	いる/いよう、　　降りる/降りよう 寝る/寝よう、　　教える/教えよう
III　よく暗誦 カ変 サ変	来[く]る する	来[こ] し　　よう	□来る/来□□ する/□□□

「V7 意向形」延伸的文型

V	よう　と思う	想～（臨時起意）
	と思って　いる	想～（經常想著）
	よう　とする	打算～（比 V ようと思う意志強烈）

＊練習しましょう。次の中国語を日本語に訳してください。

1.想去日本留學。/留学する。

2.打算買新的電腦。/新しいパソコン、買う。

3.考慮著差不多要和戀人結婚了。/結婚する。

4.回家吧。帰る。

5.喝吧。吃吧。/飲む。食べる。

6.一起來玩吧。/遊ぶ。

7.明年想去世界旅行。/世界旅行を　する。

8.戒煙吧。/タバコ、やめる。

9.不要放棄，努力吧。/諦める、頑張る。

10.打算離開學校時，下起雨來了。/出かける。降り出す。

頑張ろう

答え：

1.日本 留 学しようと 思います。

2. 新 しいパソコンを 買おうと 思っています。

3.そろそろ 恋人と 結 婚しようと 考えて います。

4.家へ 帰ろう。

5.飲もう。食べよう。

6.一 緒に 遊ぼう。

7.来 年 世界旅行を しようと 思っています。

8.タバコを やめよう。

9. 諦 めないで、頑張ろう。

10. 学 校を 出ようとする時、雨が 降り出しました。

頑張ろう

V 受身形*

---

* 日語小教室：

1. 憎まれっ子世に憚る。/惹人厭的孩子反而在世上有出息，較吃得開。憎む（厭惡）/憎まれる（被厭惡）。

2. 他人に、何を言われようと関係ない、私は私。/無論被他人怎樣說都無所謂，我就是我。＝勿在乎被人說，做自己。言う（說）/言われる（被說）。

10📖 受身形 (被動態)

	あ行	か行	さ行	た行	な行	は行	ま行	や行	ら行	わ行
あ段音	**あ**	**か**	**さ**	**た**	**な**	**は**	**ま**	**や**	**ら**	**わ**
い段音	い	き	し	ち	に	ひ	み		り	
う段音	う	く	す	つ	ぬ	ふ	む	ゆ	る	を
え段音	え	け	せ	て	ね	へ	め		れ	
お段音	お	こ	そ	と	の	ほ	も	よ	ろ	ん

語尾變化

	辞書形	V受身形	
語尾變化 I 五段活用		う段→あ段＋れる	
	会う	会わ	吸う/吸われる、 歌う/歌われる
	書く	書か	歩く/歩かれる、聞く/聞かれる
	貸す	貸さ	話す/話される、 返す/返される
	持つ	持た	待つ/待たれる、 立つ/立たれる
	死ぬ	死な	死ぬ/死なれる
	呼ぶ	呼ば（れる）	遊ぶ/遊ばれる、呼ぶ/呼ばれる
	飲む	飲ま	読む/読まれる、 噛む/噛まれる
	売る	売ら	帰る/帰られる、分かる/分かられる
語尾變化		る→られる	
上一段	起きる	起き（られる）	いる/いられる、 降りる/降りられる
下一段	食べる	食べ	着る/着られる、 教える/教えられる
III よく暗誦			
カ変	来る	来ら（れる）	来る/来□□
サ変	する	さ	する/□□□

~62~

文法説明

一、他動詞的被動態

被動態句型時，請注意①被某人/某物，助詞用「に」

②被動態 V

A、「人」為直接受詞

1.先生は　私を　褒める。

→　私は　先生に　褒められる。

2.花子は　太郎を　殺す。

→太郎は　花子に　殺される。

3.皆は　Aさんを　愛する。

→Aさんは　皆に　愛される。

B、「我的物品」被 V，請換成

以「我」為主詞，「物品」為受詞(中文的「我」被弄、整了「物品」)。

「我/人」は　某人に　「物」を　受身V

1.犬は　私の足を　噛む。

→私の足は　犬に　噛まれる。(X)

→私は　　　犬に　足を　噛まれる。(0)

2. 弟は 私の弁当を 食べる。

→<del>私の弁当は 弟を 食べられる。</del>（X）

→私は 弟に 弁当を 食べられる。（0）/我被弟弟吃便當(便當是我的)

→弁当は 弟に 食べられた。（0）/便當不我是的

3. 泥棒は 姉の財布を 盗む。

→<del>姉の財布は 泥棒に 盗まれる。</del>（X）

→姉は 泥棒に 財布を 盗まれる。（0）

C、沒有主詞的被動句

以「物/事件」為主詞，重點不是說明被誰 V，而是針對事實說明。

通常「被」不翻譯出來

1. 学校は 6月30日に 卒業式を 行う。

→卒業式は 6月30日に 行われる。

2. 日本は 東京で オリンピックを 開く。

→オリンピックは 東京で 開かれる。

3. 米から 日本酒を 作る。

→日本酒は 米から 作られる。

4. 卵と小麦粉で　お菓子を　作る。

→お菓子は　卵と小麦粉で　作られる。

D、欲具體說明是由某人(名字)而被做出時，如「書く」、「作る」、「発見する」、「発明する」、「設計する」、「建てる」等的動詞時，不用「人に」，要改成「人によって」

1. 紫式部は　『源氏物語』を　書いた。

→『源氏物語』は　紫式部に　書かれた。(X)

→『源氏物語』は　紫式部によって　書かれた。(0)

2. ライト兄弟は　飛行機を　発明した。

→飛行機は　ライト兄弟に　発明された。(X)

→飛行機は　ライト兄弟によって　発明された。(0)

3. コロンブスは　アメリカ大陸を　発見した。

→アメリカ大陸は　コロンブスに　発見された。(X)

→アメリカ大陸は　コロンブスによって　発見された。(0)

二、自動詞的被動態

多表示困擾的心情、觸景傷情，「被」不翻譯出來。(降る、思い出だ

す、来る、笑う、泣く、死ぬ、怒る、悲しむ〜）

1. 雨が　降る。

→雨に　降られる。 ╱被下雨=雨淋

2. 子供が　泣く。

→子供に　泣かれる。 ╱被哭=我覺得很煩

3. 客が　来る。

→客に　来られる。 ╱被來=不速之客

4. 犯人が　逃げた。

→犯人に　逃げられた。 ╱被犯人逃跑了=案件很難辦下去了(害警官~)

5. この写真を見て、小さい時の生活を　思い出す。

→この写真を見て、小さい時の生活が　思い出されて、懐かしい。

╱被想起=好懷念

＊練習しましょう。次の中国語を日本語に訳してください。

1.父親讚美小孩。

→小孩被父親讚美。

2.他說我的壞話。

→我被(他)說壞話。

3.貝爾發明電話。

→電話由貝爾發明的。

4.(國家)要舉行總統大選。

→舉行總統大選。

5.電車裡小朋友哭，很吵。(敘述事實)　。

→電車裡被小朋友哭，吵(到)我的頭好痛。(被干擾到)

6.昨天朋友來看我。

→昨天朋友突然來。(害我不能念書)

7.老師在身旁，有不懂的單字可以馬上問。

→(被)老師在身旁，我不能看漫畫。

8.我被他整了。

答え：

1. お父さんは　子供を　褒めます。

→子供は　お父さんに　褒められます。

2. あの人は　私の悪口を　言いました。

→私は　あの人に　悪口を　言われて　しまいました。

3. ベルは　電話を　発明しました。
→電話は　ベルによって　発明されました。

4.（国は）大統領選挙を　行います。

→大統領選挙が　行われます。

5. 電車の中で　子供が　泣いて　うるさかったんです。

→電車の中で　子供に　泣かれて　うるさくて　頭が　痛かったんです。。

6. 昨日、友達が　会いに　来ました。（私は　嬉しかったです。）

→昨日、友達に　来られました。（私は　勉強できませんでした。）

7. 先生が　傍に　いるので、分からない言葉が　すぐ　聞けます。

→（私は）先生に　いられて、漫画の本が　読めません。

8. 私は　彼に　やられて　しまいました。

V 使役形*

---

* 日語小教室：

1. 可愛い子には、旅をさせよ。/讓可愛的孩子去旅行吧。する(做)/させる(讓~做)。

2. 置かれた場所で、花を咲かせましょう。/在被安置的地方，使花綻開。＝無論在哪裡，都要努力做好自己吧。咲く(花開)/咲かせる(讓花開)。

11📖 使役形 (逼迫、使、要、讓)

	あ行	か行	さ行	た行	な行	は行	ま行	や行	ら行	わ行
あ段音	**あ**	**か**	**さ**	**た**	**な**	**は**	**ま**	**や**	**ら**	**わ**
い段音	い	き	し	ち	に	ひ	み		り	
う段音	う	く	す	つ	ぬ	ふ	む	ゆ	る	を
え段音	え	け	せ	て	ね	へ	め		れ	
お段音	お	こ	そ	と	の	ほ	も	よ	ろ	ん

語尾變化

	辞書形	V 使役形	
語尾變化 I 五段 活用	会う	う段→あ段＋せる 会わ	吸う/吸わせる、 歌う/歌わせる
	書く	書か	歩く/歩かせる、聞く/聞かせる
	貸す	貸さ	話す/話させる、返す/返させる
	持つ	持た	待つ/待たせる、 立つ/立たせる
	死ぬ	死な	死ぬ/死なせる
	呼ぶ	呼ば	遊ぶ/遊ばせる、呼ぶ/呼ばせる
	飲む	飲ま	読む/読ませる、 噛む/噛ませる
	売る	売ら	帰る/帰らせる、分かる/分からせる
語尾變化		る→させる	
上一段	起きる	起き	いる/いさせる、 降りる/降りさせる
下一段	食べる	食べ	着る/着させる、 教える/教えさせる
III よく暗誦			
カ変	来る	来さ	来る/来□□□
サ変	する	さ	する/□□□

（五段活用：う段→あ段＋せる、せる）
（上一段・下一段：させる）
（カ変・サ変：せる）

「Ｖ使役形」延伸的文型

Ｖ	させて　ください。	請讓我～
	させて　いただけませんか。	可以讓我～嗎？

文法説明

一、他動詞的使役

1. 子供が　薬を　飲む。

→母親は　子供に　薬を　飲ませる。

2. 妹が　部屋を　掃除する。

→兄は　妹に　部屋を　掃除させる。

3. 私が　結婚のことを　考える。
→彼氏は　私に　結婚のことを　考えさせる。

4. 私が　この仕事を　やる。

→社長は　私に　この仕事を　やらせる。

二、自動詞的使役

自動詞的使役句子中，較常出現「歩く・走る・行く・来る・帰る・戻る」等的移動性動詞，表情感的「恨む・驚く・怒る・悲しむ・苦しむ・困る・失望する・悩む・泣く・嘆く・喜ぶ・笑う～」動詞

A、人が　自動詞
→　人を　使役動詞

1. 妹が　泣く。
→兄が　妹を　泣かせる。

2. 妹が　日本へ　行く
→母が　妹を　行かせる。

3. 私が　急ぐ
→私を　急がせないで　ください。

B、人/物が　場所を　自動詞
→　人/物を　場所を　使役動詞
→　人/物に　場所を　使役動詞

「場所を¹」不更動，為避免「人/物を」重複使用，所以改成「人/物に」。

1. 小鳥が　飛ぶ。
   → 獣医が　小鳥を　飛ばせる。

2. 小鳥が　空を　飛ぶ。
   → 獣医が　小鳥を　空を　飛ばせる。（X）
   → 獣医が　小鳥に　空を　飛ばせる。（0）

3. 私が　散歩する。
   → 医者は　私を　散歩させる。（0）

4. 私は　公園を　散歩する。
   → 医者は　私を　公園を　散歩させる。（X）
   → 医者は　私に　公園を　散歩させる。（0）

---

¹ 助詞「を」有好幾種用法，可參照本課的四、助詞篇。

「を」	
表示動作發生的空間範圍	表示動作的受詞
空を　飛ぶ。	空を　見上げる。
海を　泳ぐ。	海を　眺める。
公園を　散歩する。	公園を　買う。
橋を　渡る。	橋を　作る。
（自動車は）山を　走る。	山を　描く。
動作需要一個很大的範圍	在一個固定地點做的動作

＊練習しましょう。次の中国語を日本語に訳してください。

1.讓您久等了(更禮貌)。

2.請讓我做那工作。

3.媽媽要孩子去買東西。

4.媽媽要孩子喝牛奶。

5.讓孩子做他想做的事。

6.我小時候常讓父母困擾。

7.法官讓犯人說他想說的事。

8.社長要員工星期日來工作。

9.因為必須去醫院，可以讓我 3 點回家嗎?

10.因諸多狀況，請容許(我們)將會議時間由 9 點變更到 9 點半開始。

11.我在這裡工作。
→請讓我在這裡工作。

12.我想跟令千金結婚。
→請讓我跟令千金結婚。

13.請自我介紹。
→請容我自我介紹。

14.請發表。
→請容我發表。

答え：

1. 待たせました。（お待たせ　しました。）

2. その仕事は　私に　やらせてください。

3. お母さんは　子供を　買い物に　行かせました。

4. お母さんは　子供に　ミルクを　飲ませました。

5. 子供に　やりたいことを　やらせて　あげたいです。

6. 子供の頃、私は　よく　親を　困らせました。

7. 裁判官は　犯人に　言いたいことを　言わせて　あげました。

8. 社長は　社員を　日曜日に　会社へ　来させます。

9. 病院へ　行かなければならないので　3時に　帰らせて　いただけませんか。

10. 諸事情により、会議の開始時間を　9時から9時30分に　変更させていただきます。

11. 私は　ここで　働きます。

→（私を）ここで　働かせて　ください。

12. お嬢様と　結婚したいです。

→お嬢様と　結婚させて　ください。

13. 自己紹介して　ください。

→自己紹介させて　いただきます。

14. 発表して　ください。

→発表させて　いただきます。

頑張らせる

V 使役 + 受身形*

_____

* 日語小教室：

1. 人生の意味を考えさせられる名言：想像力さえあれば、無限の力を発揮できます。/促使自己思考人生意義的名言：只要有想像力，就可發揮無限的能量。考える(思考)/考えさせられる(被迫思考)。

2. やりたくない仕事をやらされると気が重いですが、元気を出して最後まで頑張りましょう。/被迫做不想做的工作，心情雖很沉重，但還是提起精神努力完成吧。やる(做)/やらされる(被逼做)。

12📖　使役＋受身形（被迫...不由得）

	あ行	か行	さ行	た行	な行	は行	ま行	や行	ら行	わ行
あ段音	**あ**	**か**	**さ**	**た**	**な**	**は**	**ま**	**や**	**ら**	**わ**
い段音	い	き	し	ち	に	ひ	み		り	
う段音	う	く	す	つ	ぬ	ふ	む	ゆ	る	を
え段音	え	け	せ	て	ね	へ	め		れ	
お段音	お	こ	そ	と	の	ほ	も	よ	ろ	ん

語尾變化

I 動詞		
使役	受身	使役+受身
あ段せる	あ段れる	あ段**される**
		あ段**せられる**[1]

例 1：飲む

飲ま せる（II/使役形/逼喝）　　II 的「受身形」～る

　　　　られる　　　　　　　　　　　　　　　られる（被～）
_____

飲ま せられる
　　　Se Ra
_____

飲ま**Sa
さ**　**れる**

例 2：言う

言わ せる（II/使役形/逼說）　　II 的「受身形」～る

　　　　られる　　　　　　　　　　　　　　　られる（被～）
_____

言わ せられる
　　　Se Ra
_____

言わ**Sa
さ**　**れる**

_____

[1] I 動詞的使役受身形多會用「ｖ あ段**される**」，但也有時也會出現
「ｖ あ段**せられる**」，請同學也要熟記。

例3：話す

話させる（II/使役形/逼說）　　II 的「受身形」〜る

　　　　られる　　　　　　　　　　　　　　　　　られる（被〜）

話させられる

　　Se Ra

　　　　Sa

話ささ　　れる

| 其他語尾是「す」的動詞，亦如同。 |
| 押す→押させられる |
| 癒す→癒させられる |
| 〜 |

有兩個さ，所以不縮音，用「**話させられる**」。

II 動詞		
使役	受身	使役+受身
〜る	〜る	〜る
させる	られる	**させられる**

例1：食べる

食べさせる（II/使役形/逼吃）　II 的「受身形」〜る

　　　　られる　　　　　　　　　　　　　　られる（被〜）

食べ**させられる**

III 動詞		
使役	受身	使役+受身
〜る	〜る	〜る
させる	られる	**させられる**
来る		
〜る	〜る	〜る
来させる	来られる	来**させられる**
する		
〜る	〜る	〜る
させる	される	**させられる**
結婚させる	結婚される	結婚**させられる**

使役＋受身形

	辞書形	V1 否定形		
語尾変化		う段→あ段＋される		
I 五段活用	会う	会わ		吸う/吸わされる、　歌う/歌わされる
	書く	書か		歩く/歩かされる、　聞く/聞かされる
	貸す	貸さ		話す/**話させられる**、返す/**返させられる**
	持つ	持た	される	待つ/待たされる、　立つ/立たされる
	死ぬ	死な		死ぬ/死なされる
	呼ぶ	呼び		遊ぶ/遊ばされる、　呼ぶ/呼ばされる
	飲む	飲ま		読む/読まされる、　噛む/噛まされる
	売る	売ら		帰る/帰らされる、　分かる/分からされる

II

	辞書形	V1 否定形		
語尾変化		る→される		
上一段	起きる	起き	**させられる**	いる/いさせられる、降りる/降りさせられる
下一段	食べる	食べ		着る/着させられる、教える/教えさせられる

III　よく暗誦

	辞書形			
カ変	来る	**来させられる**		来る/来□□□□□
サ変	する	**させられる**		する/□□□□□

---

* 語尾是～す時，貸す→貸さされる。因為有兩個さ的音，所以不縮音。
貸す→貸させられる。話す→話させられる。返す→返させられる。

＊練習しましょう。次の中国語を日本語に訳してください。

1.媽媽要孩子吃青菜。

→孩子被媽媽逼吃青菜。

2.前輩要我喝酒。

→我被前輩逼喝酒。

3.哥哥要弟弟說出真話。

→弟弟被哥哥逼迫說出真話。

4.朋友讓(要)我等了一小時(之久)。

→我被朋友逼迫等了一小時(之久)。

5.課堂中，老師要學生聽 CD、念課本。

→課堂中，學生被老師要求聽 CD、念課本。

6.爸爸要我去當牙醫。

→我被爸爸逼去當牙醫。

7.老師要我來學校。

→我被老師逼來學校。

8.那是非常令人感動的電影。

9.我唱歌	13.我喝了酒
10.大家要我唱歌	14.酒被朋友喝了
11.我被大家逼迫唱歌	15.我的酒被喝了
12.我最拿手的歌被大家唱	16.朋友要我喝酒了
	17.我被朋友要求喝酒了

答え：

1. お母さんは　子供に　野菜を　食べさせました。

→子供は　お母さんに　野菜を　食べさせられました。

2. 先輩は　私に　お酒を　飲ませました。

→私は　先輩に　お酒を　飲まされました。

3. 兄は　弟に　本当の事を　話させました。

→弟は　兄に　本当の事を　話させられました。。

4. 友達は　私を　1時間も　待たせました。

→私は　友達に　1時間も　待たされました。

5. 先生は　授業中　学生に　CDを　聴いたり、本を　読んだり　させました。

→学生は　授業中　先生に　CDを　聴いたり、本を　読んだり　させられました。

6. 父は　私を　歯医者に　行かせます。

→私は　父に　歯医者に　行かされました。

7. 先生は　私を　学校に　来させました。

→私は　先生に　学校に　来させられました。

8. それは　非常に　感動させられる映画でした。

9. 私は　歌を　歌いました。

10. 皆は　私に　歌を　歌わせました。

11. 私は　皆に　歌を　歌わされました。

12. 私が　一番上手な歌は　皆に　歌われました。

13. 私は　お酒を　飲みました。

14. お酒は　友達に　飲まれました。

15. 私は　お酒を　飲まれました。

16. 友達は　私に　お酒を　飲ませました。

17. 私は　友達に　お酒を　飲まされました。

させる　　られる

させられる　　頑張らされる

13📖　綜和練習(以「飲む」為例，請在＿填入正確的答案)

飲	V1	ま	ない	否定形	飲_____で　ください。
					飲_____ても　いい
					飲_____ならない
					飲_____と、～
			せる	使役	飲_____
					＊行く 　行かせる
			れる	受身	飲_____
			れる	尊敬	飲_____
			される	使役＋受身	飲_____
	V2	み	ます	連用形	飲_____
			に		飲_____に　行く
			ながら		飲_____、～
	V3	**む**		**辞書形**	飲_____
	V4	む	N	連体形	飲_____N
			な	禁止形	飲_____
	V5	え	る	可能形	飲_____
			ば	仮定形	飲_____
					飲_____、V3 ほど～
	V6	え	－	命令形	飲_____
	V7	も	う	意向形	飲_____
			んで	て形	飲_____
			んだ	た形	飲_____

□中請填適當的助詞)　　　　　　　　　　　**綜和練習**

否定形	お酒□　飲＿＿＿で　ください。
	病気が　治ったので、薬□　飲＿＿＿ても　いい。
	毎日　水□　飲＿＿＿ならない。
	薬□　飲＿＿＿と、病気は　治らないよ。
使役	子供は　ミルク□　飲む。
	お母さんは　子供□　ミルク□　飲＿＿＿。
	子供は　日本へ　行く。
	お母さんは　子供□　日本へ　行＿＿＿。
受身	お酒は　飲＿＿＿。
	私は　弟□　お酒□　飲＿＿＿。
尊敬	先生は　お酒□　飲＿＿＿。
使役+受身	私は　お酒□　飲＿＿＿。
連用形	飲み~~ます~~　ましょう/たい/たがる/やすい/にくい/そう
	お酒□　飲＿＿＿□　行く。
	お酒□　飲＿＿＿、話す。
辞書形	お酒□　飲＿＿＿。
連体形	お酒□　飲＿＿＿人/時/所/場合、〜
禁止形	お酒□　飲＿＿＿。
可能形	お酒□　飲＿＿＿。
仮定形	お酒□　たくさん　飲＿＿＿、酔っ払うよ。
	お酒□　飲＿＿＿、飲＿＿＿ほど　美味しい。
命令形	お酒□　飲＿＿＿。
意向形	お酒□　飲＿＿＿。お酒□　飲＿＿＿と思う。
て形	飲＿＿＿　ください。飲＿＿＿も　いい。
	飲＿＿＿は　いけない。飲＿＿＿から、〜。
た形	飲＿＿＿事□　ある。飲＿＿＿ら、〜。
	飲＿＿＿り、食べたり　する。

答え：(以「飲む」為例)

飲	V1	ま	ない	否定形	飲まないで　ください。
					飲まなくても　いい
					飲まなければ　ならない
					飲まないと、〜
			せる	使役	飲ませる
					＊行く 　行かせる
			れる	受身	飲まれる
			れる	尊敬	飲まれる
			される	使役＋受身	飲まされる
	V2	み	ます	連用形	飲みます
			に		飲みに　行く
			ながら		飲みながら、〜
	V3	**む**		**辞書形**	飲む
	V4	む	N	連体形	飲むN
			な	禁止形	飲むな
	V5	え	る	可能形	飲める
			ば	仮定形	飲めば
					飲めば、飲むほど〜
	V6	え	－	命令形	飲め
	V7	も	う	意向形	飲もう
			んで	て形	飲んで
			んだ	た形	飲んだ

答え：**(以「飲む」為例)**

否定形	お酒を　飲まないで　ください。
	病気が　治ったので、薬を　飲まなくても　いい。
	毎日　水を　飲まなければ　ならない。
	薬を　飲まないと、病気は　治らないよ。
使役	子供は　ミルクを　飲む。
	お母さんは　子供に　ミルクを　飲ませる。
	子供は　日本へ　行く。
	お母さんは　子供を　日本へ　行かせる。
受身	お酒は　飲まれる。
	私は　弟に　お酒を　飲まれる。(o)
	私のお酒は　弟に　飲まれる。(x)
尊敬	先生は　お酒を　飲まれる。
使役+受身	私は　お酒を　飲まされる。
連用形	飲み<del>ます</del>　ましょう/たい/たがる/やすい/にくい/そう
	お酒を　飲みに　行く。
	お酒を　飲みながら、話す。
辞書形	お酒を　飲む。
連体形	お酒を　飲む人/時/所/場合、〜
禁止形	お酒を/は　飲むな。(は表示強調)
可能形	お酒が　飲める。
仮定形	お酒を　たくさん　飲めば、酔っ払うよ。
	お酒を　飲めば、飲むほど　美味しい。
命令形	お酒を　飲め。
意向形	お酒を　飲もう。お酒を　飲もうと思う。
て形	飲んで　ください。飲んでも　いい。
	飲んでは　いけない。飲んでから、〜。
た形	飲んだ事が　ある。飲んだら、〜。
	飲んだり、食べたり　する。

綜和練習(以「食べる」為例，請在＿填入正確的答案)

食べ	V1	ない	否定形	食べ＿＿＿で くださ い。
				食べ＿＿＿ても いい
				食べ＿＿＿ならない
				食べ＿＿＿と、～
		させる	使役形	食べ＿＿＿
				＊起きる 　起きさせる
		られる	受身形	食べ＿＿＿
		られる	可能形	食べ＿＿＿
		られる	尊敬形	食べ＿＿＿
		させられる	使役＋受身形	食べ＿＿＿
	V2	ます	連用形	食べ＿＿＿
		ますに		食べ＿＿＿に 行く
		ますながら		食べ＿＿＿、～
	V3	**る**	**辞書形**	食べ＿＿＿
	V4	る N	連体形	食べ＿＿＿
		な	禁止形	食べ＿＿＿
	V5	れば	仮定形	食べ＿＿＿
				食べ＿＿＿、V3 ほど～
	V6	ろ	命令形	食べ＿＿＿
	V7	よう	意向形	食べ＿＿＿
		て	て形	食べ＿＿＿
		た	た形	食べ＿＿＿

□中請填適當的助詞)　　　　　　　　　**綜和練習**

否定形	生肉□　食べ＿＿＿で　ください。
	人間は　一日、食べ＿＿＿ても　いい。
	ご飯□　食べ＿＿＿ならない。
	ご飯□　食べ＿＿＿と、体力が　ないよ。
使役形	子供は　ご飯□　食べる。
	お母さんは　子供□　ご飯□　食べ＿＿＿。
	子供は　起きる。
	お母さんは　子供□　起き＿＿＿。
受身形	寿司は　食べ＿＿＿。
	私は　弟□　寿司□　食べ＿＿＿。
可能形	寿司□　食べ＿＿＿。
尊敬形	先生は　寿司□　食べ＿＿＿。
使役+受身形	私は　寿司□　食べ＿＿＿。
連用形	~~食べます~~　ましょう/たい/たがる/やすい/にくい/そう
	寿司□　食べ＿＿＿□　行く。
	寿司□　食べ＿＿＿、話す。
辞書形	寿司□　食べ＿＿＿。
連体形	寿司□　食べ＿＿＿人/時/所/場合、～
禁止形	寿司□　食べ＿＿＿。
仮定形	寿司□　たくさん　食べ＿＿＿、太るよ。
	寿司□　食べ＿＿＿、食べ＿＿＿ほど　美味しい。
命令形	寿司□　食べ＿＿＿。
意向形	寿司□　食べ＿＿＿。寿司□　食べ＿＿＿と思う。
て形	食べ＿＿＿　ください。食べ＿＿＿も　いい。
	食べ＿＿＿は　いけない。食べ＿＿＿から、～。
た形	食べ＿＿＿事□　ある。食べ＿＿＿ら、～。
	毎日　食べ＿＿＿り、遊んだり　する。

答え：(以「食べる」為例)

食べ	V1	ない	否定形	食べないで　ください。
				食べなくても　いい
				食べなければ　ならない
				食べないと、〜
		させる	使役形	食べさせる
				＊起きる 　起きさせる
		られる	受身形	食べられる
		られる	可能形	食べられる
		られる	尊敬	食べられる
		させられる	使役＋受身形	食べさせられる
	V2	ます	連用形	食べます
		ますに		食べに　行く
		ますながら		食べながら、〜
	V3	**る**	**辞書形**	食べる
	V4	る N	連体形	食べる
		な	禁止形	食べるな
	V5	れば	仮定形	食べれば 食べれば、食べるほど〜
	V6	ろ	命令形	食べろ
	V7	よう	意向形	食べよう
		て	て形	食べて
		た	た形	食べた

答え：**(以「食べる」為例)**

否定形	生肉を　食べないで　ください。
	人間は　一日、食べなくても　いい。
	ご飯を　食べなければ　ならない。
	ご飯を　食べないと、体力が　ないよ。
使役形	子供は　ご飯を　食べる。
	お母さんは　子供に　ご飯を　食べさせる。
	子供が　起きる。
	お母さんは　子供を　起きさせる。
受身形	寿司は　食べられる。
	私は　弟に　寿司を　食べられる。(o)
	~~私の寿司は~~　弟に　食べられる。(x)
可能形	寿司が　食べられる。
尊敬形	先生は　寿司を　食べられる。
使役+受身形	私は　寿司を　食べさせられる。
連用形	~~食べます~~　ましょう/たい/たがる/やすい/にくい/そう
	寿司を　食べに　行く。
	寿司を　食べながら、話す。
辞書形	寿司を　食べる。
連体形	寿司を　食べる人/時/所/場合、～
禁止形	寿司を/は　食べるな。(は表示強調)
仮定形	寿司を　たくさん　食べれば、太るよ。
	寿司を　食べれば、食べるほど　美味しい。
命令形	寿司を　食べろ。
意向形	寿司を　食べよう。寿司を　食べようと思う。
て形	食べて　ください。食べてもいい。
	食べては　いけない。食べてから、～。
た形	食べた事が　ある。食べたら、～。
	毎日　食べたり、遊んだり　する。

綜和練習(以「来る」為例，請在__填入正確的答案)

V1	こ 来ない	否定形	□ 来＿＿＿＿で　ください。
			□ 来＿＿＿＿ても　いい
			□ 来＿＿＿＿ならない
			□ 来＿＿＿＿と、～
	こ 来させる	使役	□ 来＿＿＿＿
	こ 来られる	受身	□ 来＿＿＿＿
	こ 来られる	可能形	□ 来＿＿＿＿
	こ 来られる	尊敬	□ 来＿＿＿＿
	こ 来させられる	使役＋受身	□ 来＿＿＿＿
V2	き 来ます	連用形	□ 来＿＿＿＿
V3	く **来る**	**辞書形**	□ 来＿＿＿＿
V4	く 来る N	連体形	□ 来＿＿＿＿
	く 来るな	禁止形	□ 来＿＿＿＿
V5	く 来れば	仮定形	□ 来＿＿＿＿
			□ 来＿＿＿＿、V3 ほど～
V6	こ 来い	命令形	□ 来＿＿＿＿
V7	こ 来よう	意向形	□ 来＿＿＿＿
	き 来て	て形	□ 来＿＿＿＿
	き 来た	た形	□ 来＿＿＿＿

□中請填適當的助詞)　　　　　　　　　　　　**綜和練習**

否定形	ここ□　来＿＿＿で　ください。
	病気が　治ったので、明日から　病院□　来＿＿＿てもいい。
	毎日　学校□　来＿＿＿ならない。
	客が　店□　来＿＿＿と、（経営者は）困るよ。
使役	学生は　学校へ□　来る。
	先生は　学生□　学校□　来＿＿＿。
受身	私は　友達□　来＿＿＿。
可能形	一人で　学校□　来られる。
尊敬	先生は　週末にも　学校□　来＿＿＿。
使役＋受身	私は　先生□　学校□　来＿＿＿。
連用形	来~~ます~~　ましょう/たい/たがる/やすい/にくい/そう
辞書形	学校□　来＿＿＿。
連体形	パーティー□　来＿＿＿人/時/所/場合、～
禁止形	ここ　来＿＿＿。
仮定形	家□　来＿＿＿、電話をかけて　おいて　ください。
	日本語教室□　来＿＿＿、来＿＿＿ほど、来たくなる　。
命令形	こっち　来＿＿＿。
意向形	また　来＿＿＿よ。
て形	来＿＿ください。来＿＿もいい。来＿＿はいけない。来＿＿から、～。
た形	来＿＿事□　ある。来＿＿ら、～。行ったり、来＿＿り　する。

答え：(以「来る」為例)

V1	<ruby>来<rt>こ</rt></ruby>ない	否定形	<ruby>来<rt>こ</rt></ruby>ないで　ください。
			<ruby>来<rt>こ</rt></ruby>なくても　いい
			<ruby>来<rt>こ</rt></ruby>なければ　ならない
			<ruby>来<rt>こ</rt></ruby>ないと、～
	<ruby>来<rt>こ</rt></ruby>させる	使役	<ruby>来<rt>こ</rt></ruby>させる
	<ruby>来<rt>こ</rt></ruby>られる	受身	<ruby>来<rt>こ</rt></ruby>られる
	<ruby>来<rt>こ</rt></ruby>られる	可能形	<ruby>来<rt>こ</rt></ruby>られる
	<ruby>来<rt>こ</rt></ruby>られる	尊敬	<ruby>来<rt>こ</rt></ruby>られる
	させられる	使役＋受身	<ruby>来<rt>こ</rt></ruby>させられる
V2	<ruby>来<rt>き</rt></ruby>ます	連用形	<ruby>来<rt>き</rt></ruby>ます
V3	<ruby>来<rt>く</rt></ruby>る	**辞書形**	<ruby>来<rt>く</rt></ruby>る
V4	<ruby>来<rt>く</rt></ruby>るN	連体形	<ruby>来<rt>く</rt></ruby>るN
	<ruby>来<rt>く</rt></ruby>るな	禁止形	<ruby>来<rt>く</rt></ruby>るな
V5	<ruby>来<rt>く</rt></ruby>れば	仮定形	<ruby>来<rt>く</rt></ruby>れば
			<ruby>来<rt>く</rt></ruby>れば、<ruby>来<rt>く</rt></ruby>るほど～
V6	<ruby>来<rt>こ</rt></ruby>い	命令形	<ruby>来<rt>こ</rt></ruby>い
V7	<ruby>来<rt>こ</rt></ruby>よう	意向形	<ruby>来<rt>こ</rt></ruby>よう
	<ruby>来<rt>き</rt></ruby>て	て形	<ruby>来<rt>き</rt></ruby>て
	<ruby>来<rt>き</rt></ruby>た	た形	<ruby>来<rt>き</rt></ruby>た

答え：(以「来る」為例)

否定形	ここへ/に　来ないで　ください。
	病気が　治ったので、明日から　病院へ　来なくてもいい。
	毎日　学校へ　来なければ　ならない。
	客が　店へ　来ないと、（経営者は）困るよ。
使役	学生は　学校へ/に　来る。　（へ強調方向，に強調歸著點）
	先生は　学生を　学校へ　来させる。
受身	私は　友達に　来られる。
可能形	一人で　学校へ　来られる。
尊敬	先生は　週末にも　学校へ　来られる。
使役＋受身	私は　先生に　学校へ　来させられる。
連用形	来ます　ましょう/たい/たがる/やすい/にくい/そう
辞書形	学校へ　来る。
連体形	パーティーに　来る人/時/所/場合、〜
禁止形	ここ　来るな。
仮定形	家へ　来れば、電話をかけて　おいて　ください。
	日本語教室に　来れば、来るほど、来たくなる　。
命令形	こっち　来い。
意向形	また　来ようよ。
て形	来てください。来てもいい。来てはいけない。来てから、〜。
た形	来た事が　ある。来たら、〜。行ったり、来たり　する。

綜和練習(以「する」為例，請在＿填入正確的答案)

V1	しない	否定形	＿＿＿＿で　ください。
			＿＿＿＿ても　いい
			＿＿＿＿ならない
			＿＿＿＿と、～
	させる	使役	＿＿＿＿
			＊失望する 　失望させる
	される	受身	＊愛する 　愛＿＿＿＿
	できる	可能形	＿＿＿＿
	される	尊敬	＿＿＿＿
	させられる	使役＋受身	＿＿＿＿
V2	します	連用形	＿＿＿＿
	に		＿＿＿＿に　行く
	ながら		＿＿＿＿、～
V3	**する**	**辞書形**	＿＿＿＿
V4	する N	連体形	＿＿＿＿
	な	禁止形	＿＿＿＿
V5	すれば	仮定形	＿＿＿＿
			＿＿＿＿、V3 ほど～
V6	しろ	命令形	＿＿＿＿
V7	しよう	意向形	＿＿＿＿
	して	て形	＿＿＿＿
	した	た形	＿＿＿＿

□中請填適當的助詞)　　　　　　　　　　　　　**綜和練習**

否定形	無理□ ＿＿＿ で　ください。
	明日は　休みなので、勉強□ ＿＿＿ てもいい。
	毎日　勉強□ ＿＿＿ ならない。
	勉強□ ＿＿＿ と、試験に　落ちるよ。
使役	子供は　勉強□　する。
	お母さんは　子供□　勉強□ ＿＿＿。
	子供は　お母さん□　失望する。
	お母さんは　子供□　失望＿＿＿。
受身	人□　愛する。
	ファン□　愛＿＿＿。
可能形	勉強□ ＿＿＿。
尊敬	先生は　お勉強□ ＿＿＿。
使役＋受身	私は　勉強□ ＿＿＿。
連用形	飲み~~ます~~　ましょう/たい/たがる/やすい/にくい/そう
	勉強□ ＿＿＿□　行く。
	勉強□ ＿＿＿、音楽を　聴く。
辞書形	勉強□ ＿＿＿。
連体形	勉強□ ＿＿＿人/時/所/場合、～
禁止形	勉強□ ＿＿＿。
仮定形	勉強□ ＿＿＿、合格できるよ。
	勉強□ ＿＿＿、＿＿＿ほど　面白いと　思っている。
命令形	勉強□ ＿＿＿。
意向形	勉強□ ＿＿＿。勉強□ ＿＿＿と思う。
て形	勉強□ ＿＿＿　ください。勉強□ ＿＿＿もいい。
	勉強□ ＿＿＿は　いけない。勉強□ ＿＿＿から、～。
た形	勉強□ ＿＿＿事□　ある。勉強□ ＿＿＿ら、～。
	勉強□ ＿＿＿、休んだり　する。

答え：(以「する」為例)

V1	しない	否定形	しないで　ください。
			しなくても　いい
			しなければ　ならない
			しないと、～
	させる	使役	させる
			＊失望する 　失望させる
	される	受身	＊愛する 　愛される
	できる	可能形	できる
	される	尊敬	される
	させられる	使役＋受身	させられる
V2	します	連用形	します
	に		しに　行く
	ながら		しながら、～
V3	**する**	**辞書形**	する
V4	するN	連体形	するN
	な	禁止形	するな
V5	すれば	仮定形	すれば すれば、するほど～
V6	しろ	命令形	しろ
V7	しよう	意向形	しよう
	して	て形	して
	した	た形	した

答え：(以「する」為例)

否定形	無理を　しないで　ください。
	明日は　休みなので、勉強を　しなくてもいい。
	毎日　勉強を　しなければ　ならない。
	勉強を　しないと、試験に　落ちるよ。
使役	子供は　勉強を　する。
	お母さんは　子供に　勉強を　させる。
	子供は　お母さんに　失望する。
	お母さんは　子供を　失望させる。
受身	人を　愛する。
	ファンに　愛される。
可能形	勉強が　できる
尊敬	先生は　お勉強を　される。
使役＋受身	私は　勉強を　させられる。
連用形	飲み~~ます~~　ましょう/たい/たがる/やすい/にくい/そう
	勉強を　しに　行く。＝勉強に　行く。
	勉強を　しながら、音楽を　聴く。
辞書形	勉強を　する。
連体形	勉強を　する人/時/所/場合、〜
禁止形	勉強を/は　するな。(は表示強調)
仮定形	勉強を　すれば、合格できるよ。
	勉強を　すれば、するほど　面白いと思っている。
命令形	勉強を　しろ。
意向形	勉強を　しよう。勉強を　しようと思う。
て形	勉強を　して　ください。勉強を　しても　いい。
	勉強を　しては　いけない。勉強を　してから、〜。
た形	勉強を　した事が　ある。勉強を　したら、〜。
	勉強を　したり、休んだり　する。

三、類似的句型篇*

---

* 文化小教室：小教室：「一期一会（いちごいちえ）」

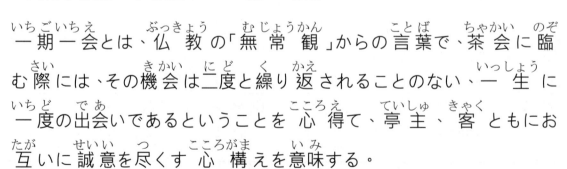

一期一会（いちごいちえ）とは、仏教（ぶっきょう）の「無常観（むじょうかん）」からの言葉（ことば）で、茶会（ちゃかい）に臨（のぞ）む際（さい）には、その機会（きかい）は二度（にど）と繰（く）り返（かえ）されることのない、一生（いっしょう）に一度（いちど）の出会（であ）いであるということを心得（こころえ）て、亭主（ていしゅ）、客（きゃく）ともにお互（たが）いに誠意（せいい）を尽（つ）くす心構（こころがま）えを意味（いみ）する。

「一期一會」其實是語出佛教之「無常觀」。同樣的人在同地點舉行茶會，恐怕一生之中只會有一次，所以主人與客人都要互相竭盡誠意。

~100~

1. 形態類似的自動詞 VS 他動詞

自動詞	他動詞	自動詞	他動詞
1.合う/(適)合	2.合わせる/合起	3.上がる/上,升,完	4.上げる/舉起,提高
5.開く/開	6.開ける/打開,開辦	7.明ける/明,亮	8.明かす/表明,揭露
9. 改まる/改,變	10. 改める/更改	11.当たる/中,撞上	12.当てる/打,碰,猜
13. 預かる/保管	14. 預ける/寄放	15. 甘える/撒嬌	16. 甘やかす/縱容
17.当て嵌まる/合適	18.当て嵌める/適用	19. 集まる/聚集	20. 集める/蒐集
21.荒れる/鬧,亂	22.荒らす/破壞,擾亂	23.合わさる/相合	24.合わせる/合併
25. 現われる/出現	26. 現わす/顯、現露	27. 温まる/發暖	28. 温める/加熱
29.生きる/活,生活	30.生かす/活用	31.痛む/疼,痛苦	32.痛める/弄痛、傷
33.浮かぶ/浮,想起	34.浮かべる/使~漂	35. 動く/移動	36. 動かす/活、移動
37.受かる/考取	38.受ける/承接,得到	39. 俯く/低頭	40. 俯ける/垂下頭
41.薄まる/變淡	42.薄める/弄淡、稀	43.移る/移動,轉移	44.移す/搬移
45.生まれる/誕生	46.生む/生出,產生	47.埋まる/埋,填	48.埋める/埋入
49.植わる/栽種	50.植える/栽種,培育	51.遅れる/遲到	52.遅らす/遲,拖延
53. 行われる/實行	54. 行う/舉行	55.起きる/起來,起床	56.起こす/叫醒,引起
57.押し込む/塞	58.押し込める/塞進	59.押し詰まる/迫近	60.押し詰める/逼迫

形態類似的自動詞 VS 他動詞

自動詞	他動詞	自動詞	他動詞
61. 落ちる/落下	62. 落とす/弄、使落下	63. 降りる/下來,降	64. 降ろす/弄下,取下
65. 納まる/收,上繳	66. 納める/繳納	67. 折れる/折疊,折斷	68. 折る/折疊,折斷
69. 終わる/完,結束	70. 終える/做完,完成	71. 驚く/驚訝,怕	72. 驚かす/驚嚇
73. 返る/返還,恢復	74. 返す/歸還,送回	75. かかる/花費	76. かける/花費,耗費
77. 欠ける/缺,不足	78. 欠く/缺乏,缺少	79. 重なる/重疊	80. 重ねる/重疊,反覆
81. 片付く/收拾好	82. 片付ける/收拾	83. 消える/熄滅,消失	84. 消す/關掉,消去
85. 変わる/變	86. 変える/改變,變更	87. 固まる/變硬,凝固	88. 固める/使~凝固
89. 乾く/乾燥,冷淡	90. 乾かす/弄乾	91. 隠れる/隱藏	92. 隠す/掩蓋,躲藏
93. 片寄る/偏頗、袒	94. 片寄せる/靠進	95. 傾く/傾斜,偏	96. 傾ける/使~斜
97. 枯れる/凋零,枯萎	98. 枯らす/枯萎,枯乾	99. 聞こえる/聽得到	100. 聞く/聽
101. 決まる/決定	102. 決める/決定	103. 切れる/能切,中斷	104. 切る/切割,除去
105. 腐る/腐爛	106. 腐らす/使~腐爛	107. 崩れる/坍塌	108. 崩す/拆毀,打亂
109. 砕ける/破碎	110. 砕く/打碎,弄碎	111. 覆る/翻轉	112. 覆す/推翻
113. 寛ぐ/舒暢	114. 寛げる/放鬆	115. くっ付く/黏著	116. くっ付ける/黏~
117. 暮れる/天黑	118. 暮らす/生活,度過	119. 壊れる/壞,毀	120. 壊す/弄壞

形態類似的自動詞 VS 他動詞

自動詞	他動詞	自動詞	他動詞
121. 肥える/胖,肥沃	122. 肥やす/使~肥沃	123. 焦げる/燒焦	124. 焦がす/燒焦,烤焦
125. 転ぶ/翻滾	126. 転がす/滾、轉動	127. 込む/擁擠,~進	128. 込める/裝填,包含
129. 下がる/下降,垂	130. 下げる/降低,吊掛	131. 授かる/被授予	132. 授ける/授、賦予
133. 裂ける/裂開	134. 裂く/撕裂,剖開	135. 刺さる/刺入,扎進	136. 刺す/刺,扎,穿
137. 定まる/定,安定	138. 定める/選、鎮定	139. 醒める/醒過來	140. 醒ます/弄醒
141. 仕上がる/完,好	142. 仕上げる/完成	143. 静まる/平靜下來	144. 静める/使~平靜
145. 沈む/沉沒,消沉	146. 沈める/使~沉入	147. 湿る/潮濕	148. 湿す/弄濕
149. 退く/退後、出	150. 退ける/擊退	151. 閉まる/閉,關門	152. 閉める/關閉,闔上
153. 過ぎる/過,逝去	154. 過ごす/度過,生活	155. 空く/空,少,餓	156. 空かす/留出空間
157. 竦む/縮	158. 竦める/使~縮	159. 進む/前進,進步	160. 進める/使~前進
161. 透ける/透	162. 透かす/留空隙	163. 滑る/滑,沒考上	164. 滑らす/使~滑倒
165. 済む/完了,終了	166. 済ます/弄完,做完	167. 窄まる/縮,縮小	168. 窄める/使~縮窄
169. 擦り切れる/磨破	170. 擦り切る/使磨盡	171. 擦れる/摩擦,蹭	172. 擦る/摩擦,擦去
173. ずれる/錯位,偏離	174. ずる/移動,脫落	175. 揃う/齊全,成對	176. 揃える/使~一致
177. 育つ/發育,成長	178. 育てる/培養	179. 染まる/染上,沾染	180. 染める/染

形態類似的自動詞 VS 他動詞

自動詞	他動詞	自動詞	他動詞
181. 備わる/備、設有	182. 備える/準備	183. 助かる/得救	184. 助ける/救助
185. 立つ/站,立	186. 立てる/立,豎	187. 高まる/高、增漲	188. 高める/提、弄高
189. 倒れる/倒,塌	190. 倒す/放倒,推倒	191. 溜まる/積,存	192. 溜める/積,存
193. 携わる/參與	194. 携える/攜手	195. 足りる/足夠	196. 足す/加,添
197. 垂れる/垂,滴,流	198. 垂らす/垂,滴,流	199. 出る/出去,出現	200. 出す/拿出,交出
201. 出来上がる/完成	202. 出来上げる/做完	203. 違う/不同,錯	204. 違える/弄錯
205. 縮む/縮捲	206. 縮める/使縮短	207. 縮れる/卷曲,皺	208. 縮らす/使~卷縮
209. 散る/落,散	210. 散らす/散開,弄散	211. つく/附著	212. つける/附、穿上
213. 突き抜ける/穿透	214. 付きぬく/穿透	215. 掴まる/被抓住	216. 掴まえる/抓住
217. 続く/持續,連續	218. 続ける/持續	219. 繋がる/連接	220. 繋ぐ/接起,維持
221. 疲れる/疲倦	222. 疲れさせる/使疲累	223. 漬かる/醃	224. 漬ける/醃漬
225. 伝わる/流傳	226. 伝える/傳達、告	227. 勤まる/勝任	228. 勤める/任職
229. 潰れる/倒閉	230. 潰す/弄碎,使破產	231. 詰まる/塞,堵,縮	232. 詰める/塞滿,縮短
233. 積もる/積,堆	234. 積む/堆積,累積	235. 強まる/增強	236. 強める/加強
237. 連なる/連接	238. 連ねる/連接	239. 照る/照	240. 照らす/照耀

形態類似的自動詞 VS 他動詞

自動詞	他動詞	自動詞	他動詞
241. 通（とお）る/通,穿	242. 通（とお）す/通過,穿過	243. 溶（と）ける/溶,熔	244. 溶（と）かす/溶化、解
245. 整（ととの）う/完整,整齊	246. 整（ととの）える/備齊	247. 轟（とどろ）く/轟鳴	248. 轟（とどろ）かす/轟鳴
249. 届（とど）く/達到,收到	250. 届（とど）ける/使~達到	251. 跳/飛（と/と）ぶ/跳/飛	252. 跳/飛（と/と）ばす/使跳/飛
253. 止（と）まる/停,止	254. 止（と）める/停下、止	255. 取（と）れる/脫落,花費	256. 取（と）る/拿,取
257. 治（なお）る/治癒	258. 治（なお）す/治療	259. 鳴（な）る/鳴,聞名	260. 鳴（な）らす/鳴,出名
261. 無（な）くなる/消失	262. 無（な）くす/丟,消除	263. 成（な）る/完成,變成	264. 成（な）す/形成,完成
265. 流（なが）れる/流,流動	266. 流（なが）す/流出,沖走	267. 悩（なや）む/煩惱	268. 悩（なや）ます/使~煩惱
269. 並（なら）ぶ/排列,匹敵	270. 並（なら）べる/排列	271. 慣（な）れる/習慣,熟練	272. 慣（な）らす/使~習慣
273. 煮（に）える/煮熟	274. 煮（に）る/煮	275. 濁（にご）る/混濁	276. 濁（にご）す/弄髒,弄濁
277. 似（に）る/像,似	278. 似（に）せる/模仿	279. 抜（ぬ）ける/脫落,漏掉	280. 抜（ぬ）く/拔掉,抽出
281. 寝（ね）る/睡覺,躺下	282. 寝（ね）かせる/使入睡	283. 濡（ぬ）れる/淋濕,濕潤	284. 濡（ぬ）らす/淋濕,浸濕
285. 練（ね）れる/熟練	286. 練（ね）る/推敲	287. 載（の）る/載,記載	288. 載（の）せる/放,載入
289. 残（のこ）る/留,剩下	290. 残（のこ）す/留下,遺留	291. 延（の）びる/延、伸長	292. 延（の）ばす/延、伸長
293. 乗（の）る/搭乘,坐	294. 乗（の）せる/使~搭乘	295. 逃（のが）れる/逃、躲避	296. 逃（のが）す/放過,錯過
297. 生（は）える/生,長	298. 生（は）やす/使~生長	299. 弾（はじ）ける/裂、繃開	300. 弾（はじ）く/彈、撥斥

形態類似的自動詞 VS 他動詞

自動詞	他動詞	自動詞	他動詞
301. 剥がれる/剝落	302. 剥ぐ/剝下,扒下	303. 励む/努力,刻苦	304. 励ます/鼓勵
305. 化ける/變,化	306. 化かす/迷惑,詐騙	307. 始まる/開始	308. 始める/開始、創
309. 入る/進,入	310. 入れる/放、裝進	311. 早まる/過、提早	312. 早める/提早、前
313. 走る/跑	314. 走らす/使～跑	315. 外れる/離開,不中	316. 外す/取下,錯失
317. 腫れる/腫脹	318. 腫らす/使～腫脹	319. 放れる/脫離、開	320. 放す/放開
321. 冷える/變涼、冷	322. 冷やす/冰,冷靜	323. 浸る/浸沉浸	324. 浸す/浸泡
325. 引っ込む/退隱、縮	326. 引っ込める/縮回	327. 響く/響	328. 響かせる/使出名
329. 広がる/擴展、寬	330. 広げる/擴展、開	331. 閃く/閃耀、現	332. 閃かす/使閃爍
333. 翻る/飄揚	334. 翻す/使飄揚	335. 増える/增加	336. 増やす/增加
337. 深まる/變深	338. 深める/加深	339. 膨らむ/膨脹	340. 膨らます/使膨脹
341. 蒸ける/蒸透,蒸好	342. 蒸かす/蒸	343. 塞がる/閉、塞	344. 塞ぐ/鬱悶,塞
345. ぶつかる/碰,撞	346. ぶつける/撞上	347. ぶら下がる/垂吊	348. ぶら下げる/懸掛
349. 降る/下雨、雪	350. 降らす/使～降下	351. 凹む/凹下,陷下	352. 凹ます/弄凹
353. 減る/減, 肚子餓	354. 減らす/減,餓肚子	355. 滅びる/滅亡、絕	356. 滅ぼす/使滅亡
357. 曲がる/彎曲	358. 曲げる/弄、折彎	359. 回る/轉繞	360. 回す/轉動,圍繞

形態類似的自動詞 VS 他動詞

自動詞	他動詞	自動詞	他動詞
361. 紛_{まぎ}れる/混淆、雜	362. 紛_{まぎ}らす/蒙混	363. 交_{まじ}わる/混雜	364. 交_{まじ}える/摻雜
365. 混_まじる/混合,摻雜	366. 混_まぜる/攪拌,混合	367. 間違_{まちが}う/錯誤	368. 間違_{まちが}える/搞錯
369. 纏_{まと}まる/談妥湊齊	370. 纏_{まと}める/集中	371. 丸_{まる}まる/捲縮	372. 丸_{まる}める/弄圓,捲
373. 祭_{まつ}られる/祭奉	374. 祭_{まつ}る/祭祀,供奉	375. 見_みつかる/找到	376. 見_みつける/找到
377. 見合_{みあ}う/平衡,互看	378. 見合_{みあ}わせる/對照	379. 見_みえる/看得見	380. 見_みる/觀看
381. 満_みちる/充滿、漲潮	382. 満_みたす/填滿,滿足	383. 乱_{みだ}れる/紛亂	384. 乱_{みだ}す/弄亂,擾亂
385. 向_むかう/面對、向	386. 向_むける/朝、面向	387. 結_{むす}びつく/結成	388. 結_{むす}びつける/繋
389. 蒸_むれる/蒸透、熟	390. 蒸_むす/蒸,悶熱	391. 儲_{もう}かる/賺、獲得	392. 儲_{もう}ける/賺得、取
393. 燃_もえる/燃燒,著火	394. 燃_もやす/燒,激起	395. 戻_{もど}る/返回,回家	396. 戻_{もど}す/歸還,倒退
397. 漏_もれる/洩、漏	398. 漏_もらす/洩、漏掉	399. 焼_やける/著火,變黑	400. 焼_やく/燒,烤,曬黑
401. 宿_{やど}る/住宿,寄生	402. 宿_{やど}す/留宿,懷孕	403. 止_やむ/休,止	404. 止_やめる/停止,戒掉
405. 破_{やぶ}れる/決裂	406. 破_{やぶ}る/撕、弄破	407. 和_{やわ}らぐ/變柔和	408. 和_{やわ}らげる/使柔和
409. 汚_{よご}れる/污染	410. 汚_{よご}す/弄髒,污染	411. 弱_{よわ}まる/衰、變弱	412. 弱_{よわ}める/使~衰弱
413. 寄_よる/靠近,順道	414. 寄_よせる/使~靠近	415. 緩_{ゆる}む/鬆弛,緩和	416. 緩_{ゆる}める/鬆,鬆懈
417. 揺_ゆれる/搖晃	418. 揺_ゆる/搖動	419. 沸_わく/沸騰	420. 沸_わかす/使沸騰

形態類似的自動詞 VS 他動詞

自動詞	他動詞	自動詞	他動詞
421. 揺れる/搖晃	422. 揺る/搖動	423. 沸く/沸騰	424. 沸かす/使沸騰
425. 割れる/破碎	426. 割る/打碎,打破	427. 分かれる/分歧	428. 分ける/理解
429. 煩う/煩惱	430. 煩わす/使煩惱		

い形容詞		な形容詞	
自動詞	他動詞	自動詞	他動詞
431. 暖かくなる/變暖	432. 暖かくする/弄暖	433. 明らかになる/發現	434. 明らかにする/澄清

他動詞（無對應的自動詞）

辭書形	中文翻譯	辭書形	中文翻譯
1. 要する	必須,需要,埋伏	2. 占める	佔有,佔領
3. 含む	含有,了解,懷有	4. 秘める	隱藏,藏匿
5. 兼ねる	兼,兼任,難以	6. 支える	支撐,支持,阻止
7. 保つ	保持,維持	8. 守る	守衛,遵守

他動詞（無對應的自動詞）

辭書形	中文翻譯	辭書形	中文翻譯
9. 補（おぎな）う	補,補充,彌補	10. 堪（た）える	忍耐,原諒
11. 防（ふせ）ぐ	防禦,預防	12. 遮（さえぎ）る	遮擋,遮蔽,阻擋
13. 妨（さまた）げる	妨礙,阻撓	14. 断（ことわ）る	預先通知,謝絕
15. 拒（こば）む	拒絕,阻止	16. 阻（はば）む	阻止,阻擋,阻礙
17. 避（さ）ける	避,避開,躲避	18. よす	中止,停下
19. 怠（なま）ける	懶惰,怠惰	20. 怠（おこた）る	懶惰,怠慢
21. 考（かんが）える	想,思考,考慮	22. 思（おも）う	想,相信,覺得
23. 許（ゆる）す	允許,饒恕	24. 認（みと）める	看到,重視,承認
25. 知（し）る	知道,了解,認識	26. 比（くら）べる	比,比較
27. 見（み）なす	看作	28. 捜（さが）す	尋找,探訪
29. 探（さぐ）る	摸,探,觀賞,探查	30. 調（しら）べる	調查,檢查,審查
31. 目指（めざ）す	以~為目標	32. 遂（と）げる	完成,達到
33. 数（かぞ）える	數,計算,列舉	34. 計（はか）る	計量,推測
35. 測（はか）る	丈量,推測	36. 覗（のぞ）く	露出,窺探

他動詞（無對應的自動詞）

辭書形	中文翻譯	辭書形	中文翻譯
37. 責める	責難,折磨	38. 貶す	貶低,毀謗
39. 冷やかす	冷卻,嘲弄	40. もてなす	接待,款待
41. 言う	說,講	42. 述べる	敘述,說明
43. 話す	說,談話	44. 訪ねる	訪問
45. 問う	詢問,追究	46. 伺う	請教,打聽,拜訪
47. 説く	說明,勸說,宣傳	48. 謝る	道歉,折服,謝絕
49. 詫びる	道歉,謝罪	50. 喜ぶ	高興,樂意
51. 楽しむ	享受,以～為消遣	52. 恐れる	害怕,擔心
53. 悲しむ	悲傷,悲痛	54. 好む	喜歡,希望
55. 嫌う	討厭,避諱,區別	56. 憎む	憎惡,憎恨,厭惡
57. 嫉む	嫉妒	58. 惜しむ	珍惜,愛惜,惋惜
59. 願う	希望,祈願	60. 望む	眺望,希望,仰望
61. 祈る	祈禱,祈望	62. 誇る	誇耀
63. 恥じる	害羞,羞愧	64. 疑う	懷疑,疑惑

他動詞（無對應的自動詞）

辭書形	中文翻譯	辭書形	中文翻譯
65. 訝_{いぶか}る	訝異,納悶	66. 危_{あや}ぶむ	擔心,懷疑,沒把握
67. 叩_{たた}く	敲,叩,詢問,拍手	68. 殴_{なぐ}る	毆打,揍
69. 弾_ひく	彈奏	70. 踏_ふむ	採,踏,踏上,實踐
71. 撫_なでる	撫摸,輕拂,梳攏	72. 擽_{くすぐ}る	使～癢,搔癢
73. 掻_かく	搔,梳,耙,撥,攪	74. 揉_もむ	揉,搓,捏,推擠
75. 舐_なめる	舐,品嚐,輕視	76. 揚_あげる	施放,懸掛,油炸
77. 占_{うらな}う	占卜,算命	78. やる	使～去,給,做
79. 頂_{いただ}く	領受,披,戴,請～	80. 差_さし上_あげる	呈送,敬獻,為您～
81. 下_{くだ}さる	給（我）～	82. 教_{おし}える	教導,指點
83. 教_{おそ}わる	受教,學習		

自動詞（無對應的他動詞）

辭書形	中文翻譯	辭書形	中文翻譯
1.ある	有,在	2.居る	有,在
3.ありふれる	常見,常有	4.優れる	優秀,舒暢
5.優る	優越,凌駕	6.秀でる	優秀,突出
7.劣る	不如,比不上,遜色	8.だぶつく	晃蕩,寬鬆,豐沛
9.異なる	不同	10.似合う	相配,適合
11.偏る	偏頗,偏向,偏袒	12.沿う	沿,順,按照
13.迫る	強迫,迫近	14.臨む	面臨,面對,身臨
15.基づく	根據,基於,出於	16.因る	在於,因為,利用
17.次ぐ	接著,次於	18.出来る	可以,做完,形成
19.要る	需要	20.障る	妨礙,有害
21.漲る	漲滿,瀰漫	22.冴える	寒冷,清澈,清爽,敏銳
23.くすむ	不顯眼,黯淡,隱居	24.嵩む	增加
25.ざらつく	變粗糙	26.透く	有空隙,透過~看見

自動詞（無對應的他動詞）

辭書形	中文翻譯	辭書形	中文翻譯
27. 歩あるく	走,步行	28. 歩あゆむ	走,前進,經歷過
29. 走はしる	跑,奔流,通往	30. 泳およぐ	游泳
31. 駆かける	奔跑,(騎馬)跑	32. 跳はねる	跳,飛濺,爆開
33. 座すわる	坐	34. 行いく	走,去,往,到
35. 来くる	來,來到,而來	36. 通かよう	來往,通勤,流通
37. 上のぼる	上升,達到,興奮	38. 下くだる	下(令),少於,引退
39. 登のぼる	登,向上,達到	40. 超こす	超過,勝過
41. 去さる	離去,過去,結束	42. 出掛でかける	出門,出去,剛要~
43. 参まいる	去,來,參拜	44. 頷うなずく	點頭,同意
45. 騒さわぐ	吵鬧,慌張,騷動	46. 怒鳴どなる	大聲嚷嚷,喊叫,斥責
47. 威張いばる	自豪,吹噓	48. 黙だまる	沉默,不說話
49. 泣なく	哭,懊悔,忍痛減價	50. 笑わらう	笑
51. 微笑ほほえむ	微笑,初綻	52. 眠ねむる	睡覺,擱置,安息

自動詞（無對應的他動詞）

辭書形	中文翻譯	辭書形	中文翻譯
53. 戦（たたか）う	戰鬥,戰爭,鬥爭,比賽	54. 急（いそ）ぐ	快,急,趕緊
55. 住（す）む	住,棲息	56. 勝（か）つ	獲勝,贏
57. 敗（やぶ）れる	敗北,輸	58. 触（さわ）る	觸,摸,碰,觸犯
59. 触（ふ）れる	觸摸,涉及,感觸到	60. 会（あ）う	見面,偶遇,碰見
61. 遭（あ）う	遭遇	62. 出会（であ）う	邂逅,意外遭受
63. 別（わか）れる	離別,分開	64. 背（そむ）く	背向,違背,背叛
65. 報（むく）いる	報答,報復	66. 畏（かしこ）まる	拘謹,恭敬,了解
67. 従（したが）う	跟隨,服從,按照	68. 諂（へつら）う	諂媚,奉承
69. 媚（こ）びる	諂媚,獻媚	70. 阿（おもね）る	阿諛,巴結
71. 晴（は）れる	放晴,消散,暢快	72. 曇（くも）る	陰,模糊,鬱悶
73. 吹雪（ふぶ）く	風雪交加,暴風雪	74. 更（ふ）ける	夜深,深
75. 過（す）ぎる	過,過去,超過	76. 経（た）つ	經過
77. 光（ひか）る	發光,發亮,出眾	78. 輝（かがや）く	閃耀
79. 映（は）える	映照,好看,顯眼	80. 錆（さ）びる	生鏽,無用

自動詞（無對應的他動詞）[1]

辭書形	中文翻譯	辭書形	中文翻譯
81. 滴_{したた}る	滴落,非常鮮豔	82. 籠_{こも}る	幽閉,悶著,蘊含
83. 拗_{こじ}れる	執拗,惡化	84. 栄_{さか}える	繁華,興盛,隆盛
85. 捗_{はかど}る	進展		

1　因版面關係，未能將動詞之解釋全部列出，請讀者要再細查該單字的解說。

2 📖　自動詞て　いる VS 他動詞て　ある

狀態	
〜が　自動詞ている/〜著的 (第一瞬間印象，當下直覺的反應。)	**〜が　他動詞て　ある/〜著的** （做完該動作留下來的結果。暗示有人做了該動作，重點不在人，而是在該狀態。）
まど　　あ 窓 が　開いて　いる。 (例如回到家，當下看到「窗是打開的」，第一瞬間反應。)	まど　　あ 窓 が　開けて　ある。 （「窗是打開的」。暗示有人做了開窗的動作，也許為了讓空氣流通。）
1. ビールが　入って　いる。 　　い　す　　なら 2. 椅子が　並んで　いる。 　ちゃわん　　わ 3. 茶碗 が　割れて　いる。 　ゆか　　よご 4. 床 が　汚れて　いる。	1. ビールが　入れて　ある。 　　い　す　　なら 2. 椅子が　並べて　ある。 　ちゃわん　　わ 3. 茶碗 が　割って　ある。 　ゆか　　よご 4. 床 が　汚して　ある。
書く(沒有對應的自動詞)	こくばん　　じ　　か 黒 板 に　字 が　書いて　ある。 *「書いてある」/比較「客觀的陳述」 *「書いてあった」/比較「持有寫著有字/內容的某證據」

請注意助詞「が」是自然的現象/狀態，因為自動詞、他動詞長得很類似，如果沒把握時，就要注意〜ている VS〜てある了。

3📖 自動詞て いる VS 他動詞て いる

正在	
～が　自動詞て　いる	～を　他動詞て　いる「現在正～」
1. 雨が 降って いる。	1. 水を 飲んで いる。
2. 雲が 漂って いる。	2. 先生は 黒板に 字を 書いて いる。
3. 水が 湧いて いる。	3. その事を 調べて いる。
4. 川が 流れて いる。	4. 窓を 開けて いる。
5. 赤ちゃんが 笑って いる。	5. 金魚が 餌を 食べて いる。
6. 妹 が 泣いて いる。	動作長時期的發生(中文多翻譯成「目前正～」)
7. お母さんが 怒って いる。	1. 会社で 働いて いる。
8. 屋根から 水が 漏れて いる。	2. 学校で 勉強 (を)して いる。
9. 小鳥が 空を 飛んで いる。	3. 台北に 住んで いる。
10. 犬が 走って いる。	4. 結婚 (を) して いる。
11. 金魚が 泳いで いる。	5. Aさんを 知って いる。

請注意助詞「が」是自然的現象/狀態。「を」是做某一個他動詞(動作)。

4📖　可能動詞 VS 受身 VS 尊敬

例	可能動詞	受身動詞
お酒を　飲む	お酒が　飲めます。	お酒は飲まれます。 私は弟にお酒を飲まれます。
刺身を食べる	刺身が食べられます。	刺身は食べられます。
駅へ行く	駅へ行けます。	駅へ行かれます。
来る	来られます。	来られます。
する 出席する	できます。 出席できます。	されます。 Aさんに　出席されました。 （我想出席，但被Aさん去了。）
漢字を書く	漢字が書けます。	書きたいテーマは書かれます。
	I～う段→え段＋る 行く→行ける II～る 　られる 起きる→起きられる III 来る→来られる する→できる	I～う段→あ段＋れる 行く→行かれる II～る 　られる 起きる→起きられる III 来る→来られる する→される

可能動詞 VS 受身 VS 尊敬

A.(一般)尊敬	B.(中等)尊敬	C.(最)尊敬[1]
飲まれます	お飲みになります	召し上がります
課長は 酒を飲まれます。	**部長**は 酒をお飲みになります。	**社長**は 酒を召し上がります。
刺身を 食べられます。	刺身を お食べになります。	刺身を 召し上がります。
駅へ行かれます。	駅へおいでになります。	駅へいらっしゃいます。
来られます。	お越しになります	お見えになります いらっしゃいます
されます。 課長は 出席されます。	(請見下方①、②説明) 部長は ご出席になります。	なさいます。 社長は ご出席なさいます。
書かれます。	お書きになります。	お書きになります。
I ~う段→あ段＋れる 行く→行かれる II ~る 　　　られる 起きる→起きられる III 来る→ 来られる する→される	①和語 V ます 休みます →お休みになります。 帰ります →お帰りになります。 ②漢語 V します →ご出席になります。 →ご覧になります。	おっしゃいます。 ご存知です ご存知ではありません ご覧くださいます。 お耳に入ります。 思し召します。 〜 ❀

---

[1] 敬語中若無 C.(最)尊敬(因版面有限，請同學要另外再細查)的語詞時，請用 **B.(中等)尊敬**或 **A.(一般)尊敬**的語詞。

5📖　尊敬語 VS 丁寧語

尊敬語	丁寧語	謙譲語
なさいます	します	致（いた）します
いらっしゃいます	行（い）きます、来（き）ます	参（まい）ります
いらっしゃいます	います	おります
🌷	あります	ございます
おっしゃいます	言（い）います	申（もう）します 申（もう）し上（あ）げます
召（め）し上（あ）がります	飲（の）みます、食（た）べます	いただきます
ご覧（らん）になります	見（み）ます	拝見（はいけん）します
ご存知（ぞんじ）です	知（し）って　います	存（ぞん）じて　います　おります
ご存知（ぞんじ）ではありません	知（し）りません	存（ぞん）じません
お聞（き）きになります	聞（き）きます/訪問（ほうもん）します	伺（うかが）います
🌷	～です	～でございます
お書（か）きになります	書（か）きます	お書（か）きします
ご説明（せつめい）になります	説明（せつめい）します	ご説明（せつめい）します (做某動作給長輩)

6📖 ～ように VS ～ために(為了～)

～が 非意志V　　ように、～	～を 意志V　為に、～
（可能動詞、分かる、感情的、、）	
V ない 形的時候， 非意志V 或 意志V 皆可	

1. A: 家が 買える ように、 一生懸命 稼ぐ。

   B: 家を 買う ために、一生懸命稼ぐ。

2. A: 日本へ 行ける ように、頑張っています。

   B: 日本へ 行く ために、貯金しています。

3. A: 恋人に 会える ように、早く帰ります。

   B: 恋人に 会う ために、早く帰ります。

4. A: 遅刻しない ように、時間に　気をつけます。

   B: 遅刻しない ために、全力で　走りました。

5. A: 忘れない ように、メモします。

   B: 忘れない ために、繰り返し　練習していました。

7📖　請～VS 請勿～/不可以～VS 可以不～

	の飲む		
V て～		V ない～	
請～		請勿、不~	
V て	ください。	V ないで	ください。
飲んで	ください。	飲まないで	ください。
可以~		可以不~	
V て	もいいです。	V なくて	もいいです。
飲んで	もいいです。	飲まなくて	もいいです。
不可以~		必須~＝不~的話不行	
V て	はいけません。	V なければ	なりません。
飲んで	はいけません。	飲まなければ	なりません。

請去		請勿、不去	
行って	ください。	行かないで	ください。
可以去		可以不去	
行って	もいいです。	行かなくて	もいいです。
不可以去[1]		必須去＝不去的話不行	
行って	はいけません。	行かなければ	なりません。

---

[1] 請釐清中文的「不可以去」和「可以不去」。

8📖 ～ないで VS ～なくて(不～)

ないで	なくて
A前文、　　B後文　　　　 　　　意志、命令、勧誘、請求 此種句型有兩種解釋： 1.不做A而做B(所以A、B的動作會有點對比性。 例：働かないで、遊びばかりしている。 2.B是在A的狀況下產生 例：1.本を持たないで、教室に来た。 　　2.刺身は醤油をつけないで食べる。	前文、　　　後文　　　　 　　　a、感情表現 1.安心しました。 2.びっくりしました。 3.寂しい、嬉しいです。 4.残念でした。 5.困ります。等～ 　　b、可能動詞的否定形 行けません、食べられません、、。不可是意志、命令、勧誘、請求。

1. A:　働かないで、一日中　遊んでばかりいます。　(0)

　 B:働かなくて、楽です。　(0)

2. A:大学に行かないで、家の仕事を　手伝います。　(0)

　 B:大学に行かなくて、残念だ　と思っています。　(0)

3. A:もう　何も　言わないで、出て　行って　ください。　(0)

　 B:(あなたが)　何も　言わなくて、(皆は)　心配ですよ。　(0)

4. A:(喧嘩で)　恋人に　会わないで、分かれました。　(0)

　 B:恋人に　会えなくて、寂しいです。　(0)

　 C:恋人に　会えなくて、電話しました。　(X)

9📖 傳聞 VS 樣態(好像〜)

		〜そうです。 聞いたこと/聽說好像	〜そうです。 見た感じ/看起來好像(比較主觀的)
N	現在肯定	先生だ　　　　そうです	
	現在否定	先生じゃない	
	過去肯定	先生だった	X
	過去否定	先生じゃなかった	
な形	現在肯定	暇だ　　　　そうです	暇　　　　そうです
	現在否定	暇じゃない	暇　　　　そうです
	過去肯定	暇だった	暇　　　　そうでした
	過去否定	暇じゃなかった	暇じゃなさ　そうでした
V	現在肯定	雨が降る　　そうです	雨が降り　　そうです
	現在否定	雨が降らない	雨が降り　**そうもないです***
	過去肯定	雨が降った	雨が降り　　そうでした
	過去否定	雨が降らなかった	雨が降り　　そうもなかったです
い形	現在肯定	美味しい　　　そうです	美味し　　そうです
	現在否定	美味しくない	美味しくなさそうです
	過去肯定	美味しかった	美味し　　そうでした
	過去否定	美味しくなかった	美味しくなさそうでした
		よい　　　　　そうです	よさ　　　　そうです
		よくない	よくなさ　　そうです
		よかった	よさ　　　　そうでした
		よくなかった	よくなさ　　そうでした
🌼		あの人は大学生だそうです（O） 聽說他好像是大學生	あの人は大学生そうです（X） 看起來他好像是大學生/そうです 不接 N

---

*降りそうもない (亦有「降りそうにもない/降りそうにない」的用法)

9 📖 傳聞 VS 樣態

まるで〜ようです。	〜らしい。
見た感じ/看起來好像(較客觀/有根據) 本当かどうか分からないが、たぶん〜	見た感じ/看起來好像(有〜氣質的/有〜味道的)
先生の　　　　　　ようです 先生じゃない 先生だった 先生じゃなかった	先生　　　　　　らしいです 先生じゃない 先生だった 先生じゃなかった
暇な　　　　　　ようです 暇じゃない 暇だった 暇じゃなかった	有名　　　　　　らしいです 有名じゃない 有名だった 有名じゃなかった
雨が降る　　　　ようです 雨が降らない 夕べ降った 降らなかった	降る　　　　　　らしいです 降らない 降った 降らなかった
美味しい　　　　ようです 美味しくない 美味しかった 美味しくなかった よい　　　　　　ようです よくない よかった よくなかった	美味しい　　　らしいです 美味しくない 美味しかった 美味しくなかった よい　　　　　らしいです よくない よかった よくなかった
あの人は大学生のようです（O） 看起來他好像是大學生(有看到他拿著大學考卷)。延伸句型有 〜ような 気がする。〜ように思う。	あの人は大学生らしいです 　（O）他看起來好有大學生的氣質

10📖　四種假設文型

V3 と、〜	〜V たら
後接事實/真理	後接意志動詞 單純的假設 比較口語
雨が降ると、道が泥だらけになります。 春が来ると、桜が咲きます。 社長が来ないと、皆は困ります。	雨が降ったら、行きません。 春が来たら、花見に行きましょう。 店へ行ったら、今日は休業です。

1. もし明日（晴れると×、晴れたら○、晴れれば○）海に行きます。

2. 朝、人に（会うと×、会ったら○、会えば×）挨拶をしなさい。

3. 薬を（飲むと○、飲んだら○、飲めば×）風邪が治りました。

4. 窓を（開けると○、開けたら○、開ければ×）小鳥の声が聞こえました。

5. 社長が（来ると×、来たら○、来れば×）会議を始めましょう。

10📖 四種假設文型

V5 ば〜	V3 なら〜
原則上後面不接 1. 意志（V 現在形、〜よう） 2. 希望（〜たい） 3. 命令（〜なさい） 4. 依頼（〜てください） 但前文是，い形、な形、N、V（表態時，例：ある、いる、〜ている等）後面可接「意志、希望、命令、依頼」 比較文言，多用於諺語	後接給予對方個人的建議/想法
雨が降れば、行きません。 春が来れば、桜が咲きます。 コンビニに行けば、何でも買えます。	雨が降るなら、農耕時期に降ってほしい。 日本へ行くなら、夏がいいと思います。

6. 何か分からない事が（あると×、あったら○、あれば○）何でも聞いてください。

7. （分からないと×、分からなかったら○、分からなければ○）勉強しなさい。

8. スキー旅行を（すると×、したら×、すれば×、するなら○）北海道がいいと思いますよ。

四、助詞篇*

---

* 「お疲れさまです」は本来、相手の労苦を労う意味で用いる言葉です。今は　知り合いの方とすれ違ったりした時に、よく使われる言葉です。

「您辛苦了」原本是慰勞對方的語句。但現在也多用於與友人擦肩而過時的常用語。

1📖 思考動作的特性

助詞不難，請不要用中文去翻譯，請「感覺、理解該動作的特色」。
同學請思考下列動作的特性。

圖 1、2、8、9，在某地做某(固定一個地點的)動作，做思考的動作。

圖 3、10，有些動作需要有對方的，或是一起行動的動作。例如:打電話、寫信給朋友。

圖 4、6，是一種附著在、(最後)歸著在、指定在某地的動作。

圖 5，有些動作需要有範圍、大空間，例如: 飛 (來飛去)、騎車、在操場跑。或是過橋、坐船渡江、穿過隧道等。

圖 7，下雨是一個自動詞，不是人去做動作，例如:花開、肚子餓等。

2📖 「在」的說明

請同學大聲讀出下列 A、 B、 C、 D 的中文，並思考其中四種「在」動作的特性。

A:在地點 V	B: V在地點
1. 在大學念書	6. 放在這裡
2. 在百貨公司購物	7. 坐在椅子
3. 在餐廳吃	8. 住在台北
4. 在家裡睡覺	9. 放在冰箱
5. 在那裡停車	10. 停在那裡
	11. 3 點在大廳集合[1]
C:在地點 V (來) V (去) /通 (穿)過	D:存在[2]
12. 在天空飛來飛去	17. 一人在教室
13. 在大海游來游去	18. 在我心深處~
14. 在公園散步	19. 在包包裡有~
15. 過馬路	20. 在公園裡有花
16. 穿過隧道	21. 在抽屜裡有~
正在(現在進行式)/ V て　いる	

---

[1] 中文說「在大廳集合」，應屬於 A:在地點 V。但在日文中「集合する（集める）」請以歸著點的概念，請換成「集合在某地」。請自己做一次「在某地集合」這個動作，感覺這個動作的特色。

[2] 「存在」與存在動詞いる/ある有關。

2📖 「在」的說明

A:動作的發生地/定點的動作 地點 で V	B:動作的歸著、目地點/指定的地點 地點 に V
1. 大学で　勉強する。	6. ここに　置く。
2. デパートで　買う。	7. 椅子に　座る。
3. 食堂で　食べる。	8. 台北に　住んでいる。
4. 家で　寝る。	9. 冷蔵庫に　入れる。
5. そこで　車を　止める。	10. そこに　車を　止める。
	11. 3時に　ロビーに　集合する。
C:動作發生的範圍、空間/穿越性的 地點 を V	D:存在與「いる/ある」有關 地點 に いる/ある～
12. 小鳥が　空を　飛ぶ。	17. 一人で　教室に　いる。
13. 鯨が　海を　泳ぐ。	18. 心の中に　いる/ある～
14. 公園を　散歩する。	19. 鞄の中に　いる/ある～
15. 道路を　渡る。	20. 公園に　花が　ある。
16. トンネルを　通る。	21. 引き出しの中に　～
22. 今　ご飯を　食べて　いる。[1]	
23. 今　雨が　降って　いる。	

3📖 助詞用法總整理

　　名詞的後面都會有「助詞」，「助詞」是因為「名詞跟動詞的關係」而出現的，有時候中文翻譯不出。一個句子有出現動詞時，「助詞」就會表達出這個名詞是當主詞、受詞、對象、動作發生的地點、動作的歸著點、動作發生的範圍～。所以必先釐清動詞的特色，請牢記「動詞與助詞有關」。

　　可以試著自己做一次該動作，感受那動作的特色，去練習一次那個動作！自然就會使用助詞了。

一、は

1.表主詞。

a.私は　　学生です。 /我是學生。

2.對疑問句加以否定時。

a. 鈴木：二人とも　日本語が　わかりますよね。 /兩人都會日文吧！
　 陳：日本語は　全然　わかりません。 /不，日文完全不會。

3.強調。

a. 鈴木：今は　何時ですか。 /現在幾點了？(你才來)

b. あの窓は　開いています。 /那個窗戶開著。

c. タバコは　吸いません。 /香煙不抽。

d. 教室では、日本語を　話すようにしてください。 /在教室請用日語交談。

――――――――――――――

[1] V ている 有數種句意。表示「正在(現在進行式)」多會出現「今」。

4.表示對比或是強調的時候。

a. 私は　日本語は　話せませんが、英語は　話せます。/我不會說日文，但是我會說英文。

b. 私は　コーヒーは　飲みますが、お茶は　飲みません。/我喝咖啡，但我不喝茶。

二、が

1.當主詞或疑問詞是主詞時。

a. どんな部屋が　いいですか。/要怎樣的房間呢？

2.表達人的感情、喜好、敘述狀態時。

a. 私は　音楽が　好きです。/我喜歡音樂。

b. 私は　歌が　上手です。/我會唱歌。

3. 表能力(可能動詞時，助詞用が)。

a. 私は　日本語が　わかります。/我懂日語。

b. 私は　日本語で　電話が　かけられます。/我會用日語打電話。

c. 私は　トラックが　運転できます。/我會開卡車。

4.大主詞は　小主詞、身體的某部分が　形容詞。

a. 私は　手が　大きいです。/我的手很大。

b. 北海道は　雪が　きれいです。/北海道的雪很漂亮。

5.表接續。

a. 旅行は　好きですが、私は　お金が　ないんですから、あまり行きません。/喜歡旅行，但我沒錢，所以不太去。

6.表人、物的存在。

a. 会社に　コンピューターが　あります。/在公司有電腦。

b. 公園に　子供が　います。/在公園有小孩。

7.表示自己的願望、希望。

a. 私は　新しい車が　ほしいです。/我想要新車。

8.當連體修飾(次要句)的主詞為 $\boxed{が}$，真正的主詞為 $\boxed{は}$。

a. 私が　いつも散歩に　行く公園は　大きいです。/我常去散步的公園很大。

三、か

1.表疑問。

a. これは　何ですか。/這是什麼？

2.疑問詞+か：表不確定的東西、場所或人。

a. 佐藤さん、今度の連休は　どこかへ　行きますか。/佐藤小姐，這一次的連休，是不是有要去哪裏？

四、から

1.表起始點或由 A 狀態變化至 B 狀態，「從～」。

a. 何時から　働きますか。/幾點開始工作？

b. 信号が　青から　黄色に　変わります。/信號由綠燈變黃燈。

2.表示原因。

a. これは　高いですから、買いません。/因為這個很貴，所以不買。

3.表原料或材料（看不到原料）。

a. ビールは　麦から　作られます。/啤酒是由小麥做的。

五、で

1.表示動作發生的地點。

a. 学校の教室で　勉強します。/在學校教室念書。

b. 私は　家で　ご飯を　食べます。/我在家吃飯。

c. 本屋で　本を　買います。/在書店買書。

2.表示動作的手段、方法、使用的時間。

a. 私は　電車で　会社へ　行きます。/我搭電車去公司。

b. 私は　ボールペンで　手紙を　書きます。/我用原子筆寫信。

c. これで　いいですか。/以(用)這樣(的方式)就可以了嗎？

d. 一週間で　できますか。/用一週(的時間)可以做好嗎？

3.表限定在某一主題、範圍(此句型多會出現「一番」/最～)。

a. 中華料理で　何が　一番　おいしいですか。/在中國菜當中什麼最好吃？

b. 世界で　どこが　一番　好きですか。/在世界上哪裡最漂亮？

4.表原因。

a. 内容が　簡単で　よく分かります。/內容簡單，所以看得懂。

b. 雨で　渋滞しました。/因下雨而交通壅塞。

c. 地震で　ビルが　倒れました。/因為地震，所以大樓倒塌。

5.表狀態。

a. 裸足で 砂浜を 歩きます。 /用赤腳走沙灘。

b. 赤ちゃんが 大声で 泣いて いる。 /小 baby 大聲哭。

6.表總數。

a. 図書館で 勉強を している人は、全部で 十人です。 /在圖書館念書的人，共有十人。

b. りんごと蜜柑は 全部で いくらですか。 /蘋果和橘子一共多少錢？

7.表原料或材料(看得到原來物品)。

a. 机は 木で 作られます。 /桌子是用木材做的。

b. 折り紙で 鶴を 折ります。 /用色紙摺紙鶴。

六、と

1.表示和同伴一起做了某 V。

a. 私は 友達と デパートへ 行きます。 /我和朋友去百貨公司。

2.N 和 N(表前、後者是對等的)。

a. 東京と 大阪。 /東京和大阪。

3.一 V3、就～（後接事實/真理）。

a. 辞書を 引くと、分かります。 /看字典的話就會懂。

b. 日が 沈むと、空は 暗く なります。 /太陽一下山，天空就變黑。

4.表引用的內容。

a. 私は 友達に「日本語を 教えてください」 と頼みました。 /我向朋友拜託「請教我日語」。

b. 私は　日本へ　行こう　と思います。/我想去日本。

七、とか

1.列舉。
a. ご飯とか　ラーメンとか　パンとか、、。/白飯啦、拉麵啦、麵包啦…。

八、なあ

1.表示感嘆。
a. すごいなあ。/很棒呀！
b. 大丈夫かなあ。/不要緊吧！

九、に

1.表示動作發生的時間。
a. 7時に　起きます。/七點起床。
b. 私は　1月1日に　国へ　帰る予定です。/預定一月一日回國。

2.表示動作對象。
a. 今晩　田中さんに　電話します。/今晚要打電話給田中先生。
b. 私は　恋人に　お土産を　送ります。/我送禮物給戀人。

3.表存在的地點。
a. 先生は　研究室に　います。/老師在研究室。
b. 私は　台北に　住んで　います。/我住在台北。

4.表去、來、回(行く、来る、帰る)之目的。

a. 私は　日本へ　旅行に　行きたいです。 /我想去日本旅行。

b. 私は　家へ　ご飯を　食べに　帰ります。 /我回家吃飯。

c. あなたは　何を　しに　来ましたか。 /你來做什麼？

5.表動作的歸著點。

a. 椅子に　座ります。 /坐在椅子上。

b. 部屋に　入ります。 /進入房間。

c. バスに　乗ります。 /搭巴士。

d. ロビーに　集合します。 /在大廳集合。

十、ね

1.終助詞，表再次確認。

a. 鈴木さんですね。 /鈴木先生(没錯)吧。

十一、の

1.連接兩個名詞。

a. これは　日本のテレビです。 /這是日本的電視機。

2.取代已提示過的名詞。

a. この辞書は　私のです。 /這本字典是我的。

3.動詞+の(把動詞「名詞化」)。助詞前面必須是名詞，若是動詞時須將動詞名詞化。此時的の，中文翻譯不出來。

a. カラオケで　歌うのは　楽しいです。/唱卡拉 OK 很快樂。

b. 私は　絵を　描くのが　好きです。/我喜歡畫畫。

4.表說明或根據。

a. 歌を　歌うことは　楽しいん（＝の）です。/唱歌這件事是很快樂的。

b. 寒いのですか。/(看到對方在發抖，關心時語氣)你冷嗎？

5.表狀況。

a. 昨日　太郎ちゃんが　泣いているのを　見ました。/昨天看見太郎哭了。

6.代替其他名詞。

a. 向こうから　来るのは　鈴木さんです。/對面來的人是鈴木先生。（此句的「の」代表「人」）

7.表疑問。女性或小孩使用的語氣助詞，音提高時表向對方提出疑問。

a. 私を　信じられないの？/你不相信我嗎？

b. 駄目なの？/不行嗎？

8.表「輕微地斷定」（比較口語）。

a. 実はね、私は　去年から　日本語を　勉強して　いるの。/實際上，我去年就開始在學日文呢！

十二、へ

1.表示方向的助詞。

a. 私は　日本へ　行きます。/我將去日本。

十三、も

1.「也」的意思。

a. あの人も　　先生です。 /那個人也是老師。

2.強調「大量」中文的「居然/竟然」。

a. このメロンは　　100万円も　　します。 /這哈密瓜竟然要100萬日元。

十四、や

1.表示列舉名詞。

a. 展覧会場や　　会議施設や　　銀行、、、。 /展覽會場、會議中心、銀行…等。

十五、よ

1.強調自己意見或判斷的語氣助詞。

a. そこへ　　行きましょうよ。 /去那裏啦！

b. 私、運転免許取ったわよ。 /我考取駕照了耶！

c. 私は　　一人で　大丈夫ですよ。 /我自己一人，可以的啦！

十六、より

1.表比較的基準。

a. りんごは　　蜜柑より　　高いです。 /蘋果比橘子貴。

b. 蜜柑より　　りんごのほうが　　高いです。 /比起橘子，蘋果比較貴。

十七、わ

1.女性用語，放於語尾。用來強調表示女性嬌柔之語氣。

a. それは　ぜひ　参加したい**わ**。/那我一定想參加。

b. これ、美味しい**わ**。/這個好好吃喔！

十八、を

1.表示動作的受詞。

a. 魚**を**　買います。/買魚。

b. 私は　ご飯**を**　食べます。/我吃飯。

2.表示動作的空間、範圍，通(穿)過某地。

a. 鷹は　空**を**　飛びます。/老鷹在天空飛。

b. 橋**を**　渡ります。/過橋。

c. どこ**を**　旅行したいですか。/你想去哪裡旅行？

3.表示小空間到外面的大空間。

a. 部屋**を**　出ます。/走出房間。

b. 台湾**を**　離れます。/離開台灣。

4📖　對比容易混淆的助詞

一、は VS が

1. 私は　学生です。/我是學生	3. 行く人は　誰？/去的人是誰
2. 私が　学生です。/我是學生	4. 誰が　行く？/誰去
は 強調後者（學生）。が 強調前者（我）。	疑問詞在句首，助詞用 が 不用 は，因為疑問詞才是重點。

5.（私は）　日本が　好きです。/我喜歡日本
6. 子供が　病気した時、（私は）会社を　休む。/孩子生病我向公司請假
「私」當主詞時常常省略不說出，請牢記 は 表示最主要的主詞，可代替 が、を。而 が 為次要的主詞，不可代替 は、を。。
7. 私は　日本へ行くことを　Aさんに　言った。/我對A說我將去日本
8. 私が　日本へ行くことを　Aさんに　言った。/某人對A說我將去日本
は 是主詞，我對A說了「我將去日本」。が 是次要的主詞，某人對A說了「我將去日本」
9.今日午後4時30分ころ、地震が ありました。 地震の規模（マグニチュード）は 2.5 と推定されます。/今天下午4點30分左右發生地震了。推定地震是芮氏規模2.5級。
一篇文章報導中，第一句應是敘述某主題，が 是引出一個話題，表示敘述。は 是針對前述的主題加以說明。

10. 自己紹介する時：

「私は佐藤です。趣味はギターです。」(O)

「私が佐藤です。趣味がギターです。」(X)

自我介紹時第一次向陌生者陳述自己的訊息時，重點會在「自己的訊息」，所以要用強調後者的は。

11. 以下「桃太郎」為例，請在口填は OR が。

昔昔、ある所に　お爺さんと　お婆さん□　住んでいた。

お爺さん□　山へ　しば刈りに、お婆さん□　川へ　洗濯に 行った。

お婆さん□　川で洗濯をしていると、、大きな桃□　流れてきました。

「おや、これ□　良い　お土産に　なるわ」

お婆さん□　大きな桃を　拾い上げて、家に持ち帰った。

そして、お爺さんとお婆さん□　桃を食べようと桃を切ってみると、なんと中から元気の良い男の赤ちゃん□　飛び出してきた。

、、、桃から生まれた男の子を、お爺さんとお婆さん□桃太郎と名付けた。

桃太郎□　スクスク育って、やがて強い男の子になった。

そしてある日、桃太郎□　言った。、、、

答え：

昔昔、ある所に　お爺さんと　お婆さん　が　住んでいた。
文章中，第一句應是帶出某主題，　が　是引出一個話題，表示敘述。

お爺さん　は　山へ　しば刈りに、お婆さん　は　川へ　洗濯に　行った。
は　是針對前述出現過的主題加以說明。而且此句有「お爺さん」、「お婆さん」兩者，也是一個對比句。

お婆さん　が　川で洗濯をしていると、、大きな桃　が　流れてきました。
「お婆さん」去洗衣，敘述新的訊息，助詞用　が　。大桃子漂過來亦是新的訊息，助詞用　が　。

「おや、これ　は　良い　お土産に　なるわ」
「これ」指的是桃子，可以「當禮物」是重點，助詞用　は　。

お婆さん　は　大きな桃を　拾い上げて、家に持ち帰った。
此句重點在「撿起大桃子帶回家」，助詞用　は　。

そして、お爺さんとお婆さん　が　桃を食べようと桃を切ってみると、なんと中から元気の良い男の赤ちゃん　が　飛び出してきた。
新的訊息，助詞用　が　。「飛び出す」是自動詞，助詞用　が　。

、、桃から生まれた男の子を、お爺さんとお婆さん　は　桃太郎と名付けた。
は　說明給桃太郎取名這件事。

桃太郎は スクスク育って、やがて強い男の子になった。

は説明桃太郎健康長大。

そしてある日、桃太郎は/が 言った。、、、

此句用は/が，皆可。筆者找到兩種版本。若要強調桃太郎用が，若要說明說的內容用は。

---

12. 月は きれい。/月亮好漂亮

13. 月が きれい。/月亮好漂亮

說明對眾所皆知的「事實」，助詞用は。陳述自己眼前當下的情景，用が。

二、が VS に

1. 雨が 降る。/下雨 2. 雨に 降られる。/被下雨=我淋雨	3. 友達が 来る。/朋友來(我很高興) 4. 友達に 来られる。/(不速之客的)朋友來 5. 友達が 来られる。/朋友可以來 6. 首相は 来られる。/首相蒞臨
「降る」是自動詞，助詞用が。「降られる」是被動態動詞，助詞用に。	3.「来る」是自動詞，助詞用が。4.「来られる」是被動態動詞，助詞用に。5. 能力動詞，助詞用が。6. 敬語動詞，表主詞用は。。

三、が VS を

1. 風が　吹く。/風吹 2. 蝋燭を　吹く。/吹蠟燭	3. 日が　出る。/太陽出來 4. 喫茶店を　出る。/走出咖啡廳
「吹く」是自動詞,助詞用が。「吹く」也是他動詞,助詞用を。	自然現象助詞用が。走出咖啡聽,小空間到大空間,助詞用を。

四、から VS を

1. 大学を　出る。/大學畢業
2. 大学から　（駅まで）歩く。/從大學走路到車站
「出る」是一個瞬間動詞,從大學畢業(小空間到外面的大空間),助詞用を。から後接持續性動詞。

五、に VS で

1. 庭に　干す。/(我把衣服)曬在院子 2. 庭で　干す。/(我)在院子曬衣服	3. そこに　止める。/(車)停在那裡 4. そこで　止める。/在那裡停(車)
に是動作的歸著點。で是動作發生地。	有點類似英文的「parking」に,和「stop」で的概念。
5. 銀行に　勤める。/任職於銀行 6. 銀行で　働く。/在銀行工作	7. ここに　立つ。/站在這 8. ここで　待つ。/在這等

「勤める」從古文而來，要用歸著點 に 來解釋。「働く」要用動作發生地 で 來解釋。	「立つ」為歸著點 に。「待つ」為動作發生地 で。
9. 3 日 に　やめた。/在三號(這天)不做 10. 3 日 で　やめた。/只做三天就不做	11. 20 分 に　行く。/在 20 分(的時候)去 12. 20 分 で　行ける。/用 20 分鐘能到
3 號是日期，に 是動作發生的時間。で 是用 3 天完成該動作。	に 是動作發生的時間。で 是用 20 分鐘可以到達。

13. 1 日に　3 回　飲む。/一天吃三次
14. 1 日で　(お酒は)　全部　飲んだ。/用一天(就)把酒都喝完了
に 是次數發生的時間切割單位。如：跑廁所 8 次是以 1 天計算(1 日に 8 回)，或是以 1 小時計算(1 時間に 8 回)。で 是用一天(的時間)完成該動作。

六、に VS を

1. 門 に　触る。/觸碰(一下)門 2. 狗の頭 を　触る。/撫摸小狗的頭	3. 山 に　登る。/爬山(直達山頂) 4. 山 を　登る。/爬山(在山裡繞)
に 為歸著點。を 為動作的範圍(大面積的)。	に 為歸著點。を 為動作的範圍。

5. 友達に　送る。/送給朋友(禮物) 6. 友達を　送る。/送行朋友(到機場)	7. 学校に　勤める。/任職於學校 8. 教師を　務める。/擔任教師
有些動詞不是只有一個意思，「送る」有「贈送物品」，助詞用に。也有「送行」之意，所以朋友當受詞，助詞用を。	任職在學校(歸著點)，助詞用に。擔任教師，教師為受詞，助詞用を。
9. 友達に　花を　送る。/送朋友花 10.友達を　パーティーに　誘う。/邀請朋友去派對	
「送る」送朋友花，花為受詞，助詞用を。朋友為對象，助詞用に。「誘う」邀請朋友，朋友為直接受詞，助詞用を。「パーティー」為歸著點，助詞用に。	

七、に VS と

1. 車は　電信柱に　ぶつかる。/ 　　車撞電線桿 2. 車は　バスと　ぶつかる。/車和 　　巴士相撞	3. 友達に　会う。/會見朋友 4. 友達と　行く。/和朋友一起去
單向→用に。雙向→←用と。	單向→用に。一起做用と。

八、で VS から

1. この机は 木で 作られる。/這桌子是由木頭做的
2. 日本酒は 米から 作られる。/日本酒是由米做的
看得到原料用で。看不到原料用から。

九、へ VS を

1. その道へ 行く。/往那條路去
2. この道を 行く。/沿著這條路去
へ為動作的方向（往）。を為動作的範圍（沿著）。

十、へ VS に

1. 家へ 帰る。/回家	3. 学校へ 行く。/去學校
2. 家に 帰る。/回家	4. 勉強に 行く。/去念書
へ為動作的方向（往）。に強調目地點（歸著點）。	**へ為動作的方向（往）。に強調目地。請注意「学校」（是一個地點），「勉強」（是一個目標）。**

十一、を vs と

1. 本を　読む。/看書	3. 感想を　言った。/發表感言
2.（この漢字は）ほんと　読む。 　　/這漢字(的)讀音是「ほん」	4. 感想と　言った。/說了「感想」(這 　　個語詞)
を表受詞。と為引用、解釋的內容，有點類似標點符號的「」。	を表受詞。と為說話的內容，有點類似「」的功能。

十二、を vs で

1. テレビを　見る。/看 TV
2. テレビで　見る。/在 TV 看到
を表受詞。で表用動作的方法。

十三、「する」動詞

1. 勉強を　する。/學習
2. コーヒーに　する。/要咖啡(指定)
3. この花は　いい匂いが　する。/這花好香
4. 自分で　する。/自己做
を表示「勉強」是受詞。に表示指定。が表示香味是自發的。で表用動作的方法/自己做。

十四、「出る」動詞

1. 家を　出る。/走出家裡

2. 試合に　出る。/參加比賽

3. 日が　出る。/日出

4. 経済学で　出る数学。/在經濟學中出現的數學

を表示小空間到大空間。に表示歸著點。が表示是自發的。で限定在經濟學的範圍。

十五、「仕事」為例

1. 仕事を　頑張る人。/努力工作的人

2. 仕事で　頑張る人。/在工作上很努力的人

3. 仕事に　追われる人。/被工作追的人(=工作做不完)

4. 仕事で　忙しい人。/因工作而忙碌的人

5. 仕事が　忙しい人。/工作忙碌的人

十六、「一日」為例

1. 一日<ruby>一日<rt>いちにち</rt></ruby>は　24 時間です。/(名詞句)一天是 24 小時

　＝一日は　24 時間が　ある。/ (動詞句))一天有 24 小時

2. 一_{いちにち} 日 に 三食（＝三回 食べる）。/一天吃 3 次

3. 一_{いちにち} 日 で （30 頁のレポートを） 書き上げた。/用一天寫完 30 頁的 報告

4. 良い 一_{いちにち} 日 を 過ごしてください。/請渡過美好的一天（=祝您有美好的一天）

5. 素敵な 一_{いちにち} 日 に なりますよう。/希望是很棒的一天（=祝您有美好的一天）

6. また 一_{いちにち} 日 が 始まる。/一天又將開始

7. 私は 日本に 一_{いちにち} 日 X いた。/我在日本待一天（數量詞不加助詞）

8. 私は 一_{ついたち} 日 に 日本に 行く。/我一號去日本（動作發生的時間要加に）

一_{いちにち} 日（一天）與 一_{ついたち} 日（一號），漢字都一樣，所以請把握住基本的原則，動作發生的時間點要加に。若是只一天（天數）時，請釐清動作的意思。

5📖 助詞練習題(以「公園」做例句)

以下用「公園」做例句，同學請一起思考「助詞」的功能，「助詞」跟地點沒有關係。是動作決定了「助詞」。可以自己試著做一次該動作，理解該動作的特色，自然就會使用助詞了。不要用中文思考，請「感覺」該動作。

請在☐中，填入適當的助詞。

1. 公園☐　大きいです。/公園很大。

2. 私は　公園☐　行く。/我去公園。

3. 私は　公園☐　入る。/我進公園。

4. 私は　公園☐　いる。/我在公園。

5. 私は　公園☐　お茶を　飲む。/我在公園喝茶。

6. 私は　公園☐　散歩する。/我在公園散步。

7. 公園☐　桜や　池などが　ある。/公園裡有櫻花啦池塘等。

8. 公園☐　桜の花が　一番　好きです。/在公園，我最喜歡櫻花。

9. 公園☐　集合する。/在公園集合。

10. 私は　公園☐　出る。/我走出公園。

11. 私は　公園☐　描く。/我在畫公園。

12. 私は　公園☐　駅まで　歩く。/我從公園走路到車站。

13. 私は　公園☐　好きです。/我喜歡公園。

14. 私は　公園☐　本を　忘れた。/我把書忘在公園了。

15. 私は　公園☐　通った。/我穿過公園了。

答え

1. 公園|は| 　大きいです。

2. 私は　公園|へ/に| 　行く。

3. 私は　公園|に| 　入る。

4. 私は　公園|に| 　いる。

5. 私は　公園|で| 　お茶を　飲む。

6. 私は　公園|を| 　散歩する。

7. 公園|に| 　桜や　池などが　ある。

8. 公園|で| 　桜の花が　一番　好きです。

9. 公園|に| 　集合する。

10. 私は　公園|を| 　出る。

11. 私は　公園|を| 　描く。

12. 私は　公園|から| 　駅まで　歩く。

13. 私は　公園|が| 　好きです。

14. 私は　公園|に| 　本を　忘れた。

15. 私は　公園|を| 　通った。

後記

末學將多年教學之心得彙編成此拙著。

因為漢字的關係，多數的日語學習者，會用中文的文字、英文的文法概念思考日文。但是日文的文法結構有助詞，而且動詞在句尾(韓語、藏語亦是此種語系。)，所以學習者越學越困擾。

理解動詞(動作)的特色後，自然就會用助詞了。

希望同學在閱讀此書之後，重新思考不同語系的文法結構。其實語言文化的發展，也蠻有趣的。

最後感謝眾緣菩薩之幫忙，學生們協力幫忙畫可愛的兔兔，子儀幫忙校稿，依芬協助封面設計，聖棋及齋藤東樹同學全力相助完稿，在此深表感謝之意。

也謝謝翰蘆出版社的長期協助出版。有り難う！

不盡完美之處，懇請賜教。